sobinfluenciaedições

Coordenação editorial:
Fabiana Vieira Gibim, Rodrigo Corrêa,
Gustavo Racy e Alex Peguinelli.

Tradução:
Gustavo Racy

Revisão:
Fabiana Gibim

Preparo:
Alex Peguinelli

Projeto gráfico:
Rodrigo Corrêa

Dados Internacionais de Catalogação na Publicação (CIP)
(Câmara Brasileira do Livro, SP, Brasil)

Doff, Neel, 1858-1942
Dias de fome e desamparo / Neel Doff. -- 1. ed. --
São Paulo : sobinfluencia edições, 2021.

ISBN 978-65-995017-0-8

1. Autobiografia na literatura 2. Ficção holandesa 3. Fome - Aspectos sociais 4. Proletariado na literatura I. Título.

21-66539 CDD-839.313

Índices para catálogo sistemático:
1. Ficção : Literatura holandesa 839.313
Aline Graziele Benitez - Bibliotecária - CRB-1/3129

sobinfluencia.com

Apresentação

A leitura e tradução de *Jours de Famine et de Détresse* é resultado de uma incursão pessoal pela literatura belga. Pouco disseminada entre nós, a literatura deste pequeno país europeu, tido por alguns de seus antropólogos como o "microcosmo da Europa", segue a trajetória de sua complicada história, dividida entre duas matrizes linguísticas (na verdade três, contando-se o alemão), o francês e o neerlandês. Se, por um lado, desde a independência do país em 1830, o francês se impôs como a língua cultural elevada, espelhando a tendência do Século XIX impelida pelo imperialismo francês, por outro, o neerlandês e, mais especificamente, o flamengo dialetal, logo se tornou um motivo de orgulho, *topos* distintivo do caráter belga, sempre conflitivo e dividido, porém, acima de tudo, belga (vá lá! Falamos do Século XIX, em que o independentismo regional ainda não tinha espaço). Dessa língua vieram alguns dos maiores escritores e poetas do jovem país, dotados de sensibilidade única, mesmo se escolhessem se expressar na língua de Verlaine: Charles De Coster, Hendrik Conscience, Georges Eekhoud, Willem Elsschot, Georges Rodenbach, Max Elskamp. E Neel Doff.

Doff, nascida Cornelia Hubertina Doff, em 1858, era filha de um frísio com uma valã, cria de uma família empobrecida forçada a constantes êxodos, indo de Buggenum a Amsterdã e dali a Antuérpia e Bruxelas. Determinada a sair da miséria, Doff se tornou modelo para renomados pintores, como James Ensor e Félicien Rops, assim como para alguns escultores. Educando-se em contato com a arte, conheceu seu primeiro marido, Fernand Brouez, filho de um rico notário, financiador e editor de *La Société Nouvelle*, àquela altura a revista socialista mais importante em língua francesa. Após a morte de Brouez, em 1900, Doff se casou com Georges Serigiers, um proeminente advogado de Antuérpia e amigo da família do finado marido.

Em sua autobiografia, Doff conta que, um dia, ao ver pela janela um grupo de jovens brincando na rua, memórias dolorosas de seu passado vieram à tona. Foi quando resolveu escrever o livro que agora têm em mãos. Semiautobiográfico, *Dias de Fome e Desamparo* conta, em curtas imagens, a trajetória de uma jovem exposta à miséria, à violência e à prostituição. O romance ganharia duas sequências: *Keetje*, e *Keetje Trottin*. Em 1911, Doff foi indicada ao Prêmio Goncourt[1], que perdeu para Alphonse de Chateaubriand, autor de *Monsieur de Lourdines*, e hoje esquecido. Pouco importava. Já se tornava, então, uma voz proeminente da literatura feminina e proletária tanto na Bélgica, quanto na França.

Referências à obra de Doff não são abundantes. Embora existam, uma rápida pesquisa em bancos de dados acadêmicos europeus mostra um número pequeno de artigos e estudos dedicados à obra da autora. Constata-se que estes estudos são, em sua maioria, assinados por mulheres e refletem sobre o caráter feminino da literatura doffiana. É evidente, aí, que lidamos com uma não surpreendente realidade: aquela que foi considerada por Henry Poulaille, que cunhou a ideia da "literatura proletária", como a mais emblemática representante do gênero, permanece esquecida, senão silenciada, pela tradição literária dominante. Isso não é exclusivo do caso de Doff. Já em 1904, um grupo de escritoras francesas havia criado o prêmio Femina[2], que buscava reagir à ex-

[1] O *Prix Goncourt* foi criado a partir do testamento do escritor francês Edmond de Goncourt, morto em 1896, sendo atribuído pela primeira vez em 21 de dezembro de 1903.

[2] Em 1903, um desconhecido escritor de nome John Antonine Nau, havia vencido o prêmio Goncourt, em detrimento da favorita, a poeta Anna de Noailles. Esse estopim colocaria em evidência o desprezo à literatura feita por mulheres em um júri formado – exclusivamente – por homens. Caroline de Broutelles, editora, à época, da revista *La Vie Heureuse*, reuniu-se com um grupo de escritoras, outorgando o prêmio, inicialmente chamado também de *La Vie Heureuse*, pela primeira vez, para a escritora Myriam Harry, por seu romance *La Conquête de*

plícita misoginia do prêmio Goncourt, dando destaque à produção literária feminina em língua francesa.

A consolidação do movimento que levou à criação do Femina, bem como à da obra de Doff, se insere no movimento de invasão feminina da cena literária francesa do começo do Século XX, como argumenta Virginia Iglesias Pruvost (2012), que resgatou a escrita como "prática subversiva que nos mostra uma maneira diferente de ser no mundo" (p. 161). Fundamental para essa escrita é a centralidade do corpo, de um corpo feminino, do qual prescinde a ruptura com as normas, o enclausuramento das funções familiares e domésticas, o silêncio e a violação. É este corpo, violado e silenciado, que ganhará voz com a literatura de Doff.

Escritura feminina, destarte, mas não só. O texto doffiano é, também, operário: testemunha – e, por que não, analisa – as condições existenciais de sua classe, o subproletariado urbano (mas, também, aquele rural, como em *Campina*). Classe e gênero se mesclam na sensualidade e no carnal corpóreo feminino tão estranho aos valores masculinos. Geralmente alocada na tradição naturalista[3], Doff é inclassificável. Seu olhar não é objetivo, dis-

---

Jérusalem. Posteriormente, em 1920, o prêmio adotou o nome da revista *Femina*. A partir de 1985 passou a receber e contemplar romances estrangeiros, permanecendo ativo até os dias de hoje (2021).

[3] O naturalismo foi um movimento artístico europeu iniciado no século XIX que, tanto na literatura, quanto na pintura, retomou as premissas iniciadas pelo realismo pictural, dando importância ao motivo, à representação "tal e qual" da realidade e à inserção de sujeitos até então ignorados pelas artes, nomeadamente, o operariado e o campesinato. Foi um movimento marcado pelo desenvolvimento da fotografia, das ciências exatas e da medicina (principalmente pela fisiologia), o que punha em questão a adoção de uma perspectiva distanciada e pretensamente objetiva sobre a realidade. Na França, destacam-se como expoentes do naturalismo os irmãos Goncourt, Émile Zola, Joris-Karl Huysmans, Guy de Maupassant e Alphonse Daudet, enquanto na Bélgica, podemos citar Camille Lemonnier e Georges Eekhoud. Já no Brasil, são expoentes do naturalismo Aluísio Azevedo, Inglês de Souza, Júlio Ribeiro e Adolfo Caminha, entre outros.

tanciado, mas parte de um eu-corpo feminino que se posiciona e se entende subjetivamente integrante dos processos sociais que produzem sua miséria; inclui em sua narrativa suas indagações e contradições próprias, representa a si mesma não como quem pinta um retrato, mas como quem parte em constante busca de si. E é este si, feminino e operário, que se constrói num esforço mnemônico em que gostos e odores, paisagens e cores, sons e silêncios se misturam na composição de uma miséria que assolapa a subjetividade, que inscreve no inconsciente a tendência à naturalização das misérias. E é contra esta naturalização que Keetje, a bela Keetje, irrompe como figura de uma resistência incessante.

Há inúmeros eixos pelos quais é possível analisar a obra doffiana. Como bem aponta Estrella de la Torre Giménez (1997), por exemplo, Doff antecipou Proust em dois anos, ao retratar a "memória involuntária", explorada posteriormente também na obra de Walter Benjamin, no episódio em que Keetje reencontra as memórias de sua infância ao degustar míseras sobras de queijo, algo bem diferente das burguesas *madeleines* proustianas. As implicações histórico-literárias deste feito cabem aos estudiosos. Aqui, importa apontarmos rapidamente a riqueza da literatura de Doff, que se inicia por este *Dias de Fome e Desamparo*. Ler Doff, hoje, é restituir algo que todas as pesquisadoras indicam como uma injustiça: *o apagamento ou, no mínimo, desconsideração da importância da autora no panorama literário europeu, mas, também, mundial, como iniciadora de um movimento literário feminino*.

Ler Doff, no mundo (e especialmente no Brasil), de 2021, é uma ação de restauro e de reconquista da leitura, do próprio ato da leitura. *Dias de Fome e Desamparo* é a obra inaugural de Doff e, como um talismã (nas palavras de Fréderic Lefèvre), nos restitui algo mágico, algo que nos permite transformar a percepção do corpo que fala, da miséria que se instaura, e desta grande ruína que é a cultura.

Gustavo Racy
São Paulo, maio de 2021.

REFERÊNCIAS

BENJAMIN, W. 1996. "A imagem de Proust". In: ________. *Imagem e Técnica, Arte e Política. Obras Escolhidas, vol. I.* São Paulo: Brasiliense. p. 37-49.

IGLESIAS PRUVOST, V. 2012. « Le Corps Féminin dans La Trilogie de Neel Doff : du traumatisme pubertaire à la souillure de la prostitution ». In : *Le Corps Littéraire.* Studi şi cercertări filologie. Piteşti : Editura Universităţii Piteşti. p. 160-173.

LEFÈVRE, F. 1929. « Une Heure avec Neel Doff ». In : *Les Nouvelles Littéraires*, 21 de dezembro de 1929.

TORRE GIMÉNEZ, E. 1997. « La *trilogie de la faim* de Neel Doff, une vie traversée de littérature ». In : *Homenaje al Prof. J. Cantera.* Madrid : Serv. Publicaciones Universidad Complutense. p. 497-505.

dias de fome e desamparo

NEEL DOFF

Visão

Lá fora neva e estou gripada. Na praça, crianças brincam de deslizar sobre o gelo. Contento-me em me recolher à janela, contemplando a vida na neve. Como são flexíveis e ágeis essas crianças! Adultos e crianças brincam: deslizam, se empurram e caem de maduro.

Vejo um esfarrapado, sujo, a cabeleira espessa, os tamancos grandes demais, as meias esburacadas, os joelhos perfurando as calças de barras enlameadas. Pálido e inchado, porém ágil e corpulento. De longe, ele pega impulso e desliza por uma dezena de metros. Sem conseguir controlar a força do impulso, leva consigo as outras crianças ao chão, desastradamente, causando uma raiva conjunta, mesmo sem nenhuma fatalidade. Ao se recomporem, caem em cima do pequeno: mais habilidoso que eles, mas também sujo e piolhento. Os agressores se aglomeram fora da pista de gelo, jogam o menor sobre a neve, esmurram sua cara e batem com sua boca contra o pavimento. O menino se levanta, ensaia uma defesa, os braços lhe servem de escudo, mas ele está só. Com raiva e com dor, ele se vai, mancando e chorando lamentavelmente.

Quando éramos pequenos, meu irmão Kees sempre voltava para casa desta forma. Este belo Kees, munido de admiráveis lágrimas, grandes e límpidas como gotas de orvalho.

Me afastando da janela, dou conta de minha figura espiã. Minha boca contraída, meus olhos em lágrimas; eu acabava de reviver uma das cenas dolorosas de nossa miserável infância. Estas cenas, das quais saíamos infames e maltratados, eram todas provocadas por nossa pobreza. Afinal, o prazer se dá sempre sobre a miséria dos esfarrapados.

Meus Pais

Antes da altercação contínua, certa e metódica que a miséria submete às naturezas mais bem-humoradas, meus pais eram, por seu meio e por sua educação, dois seres bastante raros e dotados de uma beleza excepcional, ainda que diametralmente oposta.

Meu pai, Dirk Oldema, era um frísio[1] alto de um metro e oitenta, magro e delgado como uma bétula. De uma flexibilidade inacreditável. Seu rosto era um frescor, de olhos azuis claros luminosos, dentes maravilhosos, cingido por cabelos castanhos claros encaracolados, e munido de uma fala franca e timbrada, bem como de um canto tenor ligeiro que fazia os passantes que os escutassem pararem. Seu maior prazer era cantar em coro, à noite, sentado com todos os seus filhos, ou contar anedotas de sua vida de soldado, quando tocava trompete, possuía um belo cavalo e, enquanto todos os outros estavam de ressaca, remendava as meias de todo o regimento para garantir um troco para alugar livros. Era a única época de bem-aventurança da qual ele havia desfrutado em toda sua vida.

Minha mãe, cujas origens remontam a Liège[2], era pequena e morena, de uma beleza picante, extremamente esbelta e bem-formada, leitora de romances de aventura sem jamais ter

---

[1] A Frísia é uma província ao noroeste dos Países Baixos. Possui uma língua própria e passou por forte influência escandinava. De cultura eminentemente marinheira e se tornou uma província do Principado Soberano dos Países Baixos Unidos em 1814, passando ao Reino dos Países Baixos no ano seguinte (Nota do Editor).

[2] Liège, apelidade de "cidade ardente", é uma cidade francófona no leste da Bélgica. Capital da província de Liège, e capital econômica da Valônia, além de importante centro cultural (N. d. E.)

tido uma aventura na vida. Preferia o luxo ao conforto e, por conta de sua educação sumária, esta opção se manifestava por uma boina de flores vermelhas e brancas arranjada sobre uma cabeleira mal penteada, ou por meio de sapatos polidos ornados por meias perfuradas. Sua alegria era sair com minha irmã mais velha, Mina, para visitar as lojas, escolher magníficos enxovais para todos nós, se embriagando perante as vitrines, discutindo o gosto e as escolhas como se estas realmente existissem. As duas voltavam para casa com os ânimos em alta e continuavam discutindo diante de uma xícara de café açucarado.

Uma das grandes atrações destas belas coisas consistia em enraivecer as vizinhas e as tias. A despeito de seus caprichos, quando minha mãe conseguia uma boina nova ou um vestido comprado de segunda-mão, ela vestia os pequenos com suas melhores roupas, partia para um passeio longo pela rua em que morava uma das vizinhas ou tias a quem ela pretendia fazer inveja e, ali, brincava com os filhos, levando-os na garupa, fingindo não enxergar nenhuma outra pessoa enquanto, de canto de olho, observava tudo, comentando conosco o modo em que uma das tias havia espiado por trás das cortinas enquanto se escondia, enviando a pequena prima Kaatje à rua para poder detalhar bem as vestimentas de minha mãe, seguramente ficando verde de raiva ao ver ela e seus filhos tão bem vestidos.

Apesar desses episódios, minha mãe era muito boa e, malgrado sua grande miséria, eu a vi emprestar a estas mesmas vizinhas seu vestido de domingo para penhora. Quando alguém lhe despendia um pouco de simpatia, ela se dava inteira, até demais, e passava seus dias na casa dos outros, abandonando os afazeres domésticos e filhos. Ela era mais astuciosa do que inteligente e deveria ter sido uma bonequinha de luxo, pois tinha todas as aptidões para isso.

Minha mãe sempre cantava louvores à Virgem nos embalando em seus braços: “Maria, Rainha dos céus”; então falava sobre o “vestido de seda azul” de Nossa Senhora. Eu a ouvi cantar somente enquanto eu era pequena. Mais tarde, a miséria a desensinou. Me lembro de uma voz muito timbrada e muito charmosa. Mesmo quando velha, sua fala guardava muitas inflexões e seu riso permanecia tão jovem que quem o escutasse se sentia confiante e alegre em sua companhia.

Meu pai se casara ao deixar o exército e se tornar gendarme[3]. O que o levou a aceitar a função foi, sobretudo, o cavalo, que ele adorava. Minha mãe, órfã desde os treze anos e forçada a ganhar a vida como rendeira, não sabia nada, absolutamente nada, sobre os afazeres domésticos conjugais. Da aurora à tarde da noite ela fazia os eixos girarem, sem levantar de sua cadeira baixa senão para ir à mesa e, subitamente, após a refeição, retomar esse trabalho penoso que lhe dava espasmos nos olhos e me serviam de guia para saber de seu bem-estar. A primeira refeição que ela preparou para meu pai foi batata acompanhada de óleo de lã, ao invés de óleo de oliva.

E o que mais posso dizer sobre minha mãe? Ela jamais tivera liberdade. Agora estava casada e podia muito bem fofocar tanto com outras mulheres de gendarmes que, muitas vezes, quando meu pai voltava de seus turnos, não encontrava nada pronto para comer, precisando voltar à sela de seu cavalo de estômago vazio. Durante suas rondas, então, ele aceitava de bom grado os copos que as pessoas ofereciam voluntariamente aos gendarmes, como um acordo de cavalheiros, voltando para casa aéreo sobre seu cavalo, o que o levou a ser transferido diversas vezes e, eventualmente, demitido.

Quando meu pai se tornou guarda-caças[4], ele rapidamente renunciou à função por vontade própria: era impossível para ele algemar um homem que, nunca comendo carne, atirasse em um coelho em seu próprio terreno. Quando meu pai ouvia um tiro de fuzil que lhe parecia suspeito, burlava a regra e, à noite, notificava

[3] Força militar encarregada de prestar serviços de segurança pública no âmbito civil (N. d. E.).

[4] Nas grandes propriedades rurais, era o trabalhador incumbido de manter as áreas em bom estado, assim como os animais, preferencialmente dedicados ao esporte da caça pelos proprietários e seus convidados (N. d. E.).

o indivíduo de que responderia a um processo verbal e teria o fuzil, àquela altura escondido entre os nabos do jardim, confiscado.

Depois dessa rápida passagem, sempre por amor aos cavalos, meu pai se tornou cocheiro nas grandes casas da região. Raspar seu bigode, entretanto, lhe horripilava e, mais uma vez, ele não durou muito no cargo: se inscreveu em agências de emprego e, de fracasso em fracasso, se tornou condutor de charretes. A primeira vez em que meu pai se acomodou sobre o assento de uma charrete, se envergonhou como se estivesse em decadência. Mais tarde, entretanto, reconsiderou a função e passou a dizer que os condutores públicos eram verdadeiros operários, enquanto os condutores das grandes casas não passavam de empregados domésticos.

Minha mãe podia ficar dias sem comer sem se incomodar, enquanto meu pai sofria enormemente com essas privações, de modo que, quando algum dinheiro entrava, um conflito sempre se instaurava. Enquanto um queria gastar tudo com alimentação, o outro pretendia dispender parte para vestimentas e outras coisas indispensáveis. Minha mãe então sempre comprava meias e outros segredinhos que continuamente enfureciam meu pai.

Estes dois seres, de raça e natureza tão diferentes, se esposaram por sua beleza e por amor. Suas bodas foram a troca de duas virgindades que geraram nove filhos. Ademais, pouco de seus gostos e de suas tendências se encontravam e, tendo a miséria como base, o resultado era uma bagunça inextricável.

Em nenhum lugar eu ouvia falar de beleza tanto quanto em casa. Quando nos imaginávamos ricos, nos entretíamos, sobretudo, com aquilo que iríamos aprender, com todas aquelas belas coisas com as quais nos circundaríamos e nestes momentos, mesmo para esfomeados como nós, a alimentação se tornava a menor das preocupações.

Eu tenho a lembrança de um domingo à tarde em que meu pai queria ler para minha mãe, que trazia um novo filho no colo. Seu plano foi impedido pelos vizinhos de cima, que recebiam amigos e se divertiam com cantorias, batendo os pés ritmicamente e tilintando com os talheres nos copos de vidro. Xingando, meu pai já havia fechado seu livro diversas vezes quando subitamente bateram à porta. Era a vizinha, que viera convidar meus pais para se juntarem à festa.

– Eu dizia para mim mesma: os vizinhos nunca recebem ninguém. Devem ler por tédio. Vocês não gostariam de se divertir conosco?

Meu pai agradeceu, com um tom ligeiramente altivo, no qual se percebia seu desprezo e mal humor perante aquela que acreditava que alguém como ele se divertiria com tais vulgaridades.

A mulher se retirou, confusa.

Um dia, no campo, meu pai foi pego numa alegria tão grande que seus olhos se encheram de lágrimas; até mesmo o coaxar dos sapos nas lagoas lhe interessava e, quando queríamos atirar pedras nas pobres criaturas ele nos dizia:

– Eles se expressam tão bem em sua linguagem e vocês querem interromper sua conversa! Eles têm seus afazeres, como nós, e filhos também, como nós, mas não devem ter tanta miséria, senão não seriam tão alegres.

Depois do meu nono ou décimo aniversário, eu não me lembro de coisas tão simpáticas entre nós. A miséria se implantou permanentemente e se agravaria a cada novo filho. A usura e o desencorajamento de meus pais tornavam cada vez mais frequentes os dias de fome e desamparo.

Quando acordei, era noite

Certa tarde, tendo contraído sarampo, escapei de casa para observar os meninos jogarem bolas de gude. Eu estava surpresa em ver suas sombras crescerem ou diminuírem seguindo seus movimentos e me perguntei de onde viriam tais sombras, bem como porque elas se expandiam e contraíam daquele modo quando, de repente, me senti agarrada por trás e chacoalhada para todos os lados por uma voz que gritava:

– Menina malcriada! Você pode morrer por ter saído!

Quem me tratava desse modo era nossa empregada. Sim, nós tínhamos (pasmem!) uma servente! Minha mãe, que na época tinha só cinco filhos, podia ainda se ocupar com suas rendas e, como o trabalho naquele momento era abundante, ela teve que recorrer ao auxílio de alguém para ajudar nos afazeres. Esta, por sua vez, me deu uma coça, como é comum entre as pessoas quando um filho faz alguma malcriação, me deitando, depois, em meu pequeno berço de madeira, prostrado contra a parede. Eu adormeci e, quando despertei, era noite.

Que sensação de bem-estar e intimidade! O quarto estava bem iluminado: um fogo bom queimava na lareira, minha mãe bordava e meu pai lia *As Mil e Uma Noites* em voz alta, parando, às vezes, para trocar reflexões com minha mãe.

– Cato, se nós não precisamos mais do que dizer "Abre-te, Sésamo!", eu não deixarei que você danifique seus olhos durante à noite com essa renda.

– Deveríamos nos alegrar por receber pedidos nesta cidade pequena. Além do mais, amo meu trabalho. Olhe como esta guirlanda é bonita: tive a ideia por causa das folhagens com que as crianças brincam. Meu desenho está bem apresentado e por ora isso me diverte.

E continuava seu trabalho, os dedos manejando os fusos da renda com tamanha habilidade que era impossível segui-los.

O quarto fora invadido pelo odor delicioso do fígado de boi ao vinagre, que fervia em um canto da lareira e em breve seria consumido e do qual eu teria, evidentemente, minha parte. De tempos em tempos meu pai levantava a tampa da panela para experimentar a comida e, lambendo bem a colher, dizia:

– Cato, isto ficará bom.

Eu escutei meu pai ler, inalei aquele cheiro bom e adormeci novamente. Quem dorme, come.

Primeiro êxodo

Meu pai, muito bom trabalhador, dominava a arte de detestar. Frequentemente demonstrava que a burrice e a vulgaridade lhe eram repugnantes. Por isso, teve que deixar a aldeia para procurar trabalho em outro lugar, chegando a Amsterdã, de onde rapidamente escreveu à minha mãe para que o fossemos encontrar.

– Venda nossos velhos trapos – ele dizia na carta – para que possam fazer a viagem. Você encontrará aqui tudo que faltar.

Minha mãe sabia o que isso queria dizer: havia de tudo nas lojas, mas nós não poderíamos dormir entre quatro paredes. Meu pai sempre pensava que tudo cairia do céu e perdia, assim, toda razão. Ela ignorou, portanto, essa infantilidade toda e obteve do *Bureau* de Bem-Estar nossa transferência para Amsterdã.

Reservaram-se lugares, tanto para nós quanto para nosso pobre mobiliário, em uma barca de transporte de mercadorias. Um dia, à tarde, dois empregados do *Bureau* vieram nos buscar para o embarque. Minha mãe levava minha irmã Naatje no colo e os empregados, muito gentis, levavam os outros quatro filhos pelas mãos.

A maré estava baixa e era preciso descer uma grande escada para o embarque. Eu me lembro muito bem do horror que provamos diante daquele abismo negro: um de meus irmãos gritava dizendo "que ele não queria ir pela água até a casa do papai". Como de hábito, eu tremia enquanto fingia ser corajosa. Descemos um a um e nos fizeram entrar numa cabine comum; não havia alcovas senão para a tripulação, assim como não havia nada para nos limparmos. Os barqueiros estavam visivelmente entediados conosco, os pirralhos que choravam, faziam xixi... e o resto.

Quando o barco partiu estávamos esparramados pelo chão. Minha mãe sentou-se espalhando a saia ao seu redor. E sobre ela, todos nós nos deitamos, com as cabeças em seu colo; Naatje sempre a mamar. Eu não pude dormir. Tinha apenas cinco anos, mas eu me lembro muito bem que um homem entrou, nos olhou com antipatia, se despiu sem pudor e se deitou, xingando a cada vez que um dos pequenos tossia ou chorava. Perto da manhã, minha mãe começou a esfregar, lavar e vestir as crianças para a chegada em Amsterdã.

O *Bureau* de Bem-Estar havia pagado apenas nosso transporte, como se fossemos tonéis de óleo ou outras mercadorias. Nos fizeram dormir no chão como uma cadela com sua ninhada. Minha bela mãe, com uma criança ao colo, não recebeu nem mesmo uma xícara de café. Nada... nada...

Foi assim que, tremendo e pálidos de frio e fome, chegamos pelo Amstel[5] a Amsterdã, onde nosso pai nos esperava nos diques. Ainda enquanto o barco manobrava, fomos levados às passarelas para que descêssemos. Não havia peitoral senão de um lado e, sobre as pranchas, meu pai, sempre temeroso, nos fez passar de dique em dique até o cais. Depois, pelas ruas, pontes e canais, ele nos conduziu a um beco em que havia alugado um quarto no primeiro andar de um casebre.

Neste dia tomamos café, comemos torradas e dormimos sobre a palha em um cubículo escuro e fechado.

---

[5] Amstel é um dos principais, senão o principal rio da Holanda. O rio Amstel flui de Aarkanaal e Drecht em Nieuwveen para o norte, passando por Uithoorn, Amstelveen e Ouderkerk aan de Amstel, até Amsterdã (N. d. E.).

Sobras e Ouropel[6]

Eu frequentemente li e escutei que o perfume de uma flor ou o gosto de uma fruta evocavam em certas pessoas um episódio delicioso de sua infância ou juventude. Bem, com exceções minuciosas, minhas lembranças não são nem deliciosas, nem poéticas. Todas as minhas sensações mais frescas e mais puras foram estragadas pela miséria, pela ignorância e pela vergonha. De resto, não é cheirando uma flor ou comendo uma fruta, mas sim pelo queijo holandês que sou levada a lembrar de um episódio da minha primeira infância.

Nossa miséria já havia se tornado intensa por conta do número de filhos, que aumentava a cada ano. Uma de minhas tias, muito boa para nós, era servente numa grande casa de prostituição. Ela nos recomendava ir ao estabelecimento ao cair da tarde, enquanto a casa se encontrava cheia e a segurança relaxada, e nos passava as sobras das mesas das donzelas, além de crostas de queijo cujo gosto, reavivado em mim outro dia, me faz rever tudo aquilo de modo cinematográfico.

Escondendo-os sob suas vestimentas, minha tia nos dava também laços e fitas de seda e veludo com os quais minha mãe guarnecia nossos chapéus, corpetes decotados em seda escocesa que ela alterara e que, para a estupefação dos vizinhos, nós vestíamos. Eu me lembro de um adorável vestido que minha mãe fez para mim, com tiras de tecido xadrez preto e amarelo que ela havia costurado escondendo cada ponto sob uma pequena prega.

E de todas essas sobras e ouropel se desprendia um perfume suave, que saboreávamos com delícia.

---

[6] Lâmina de latão polida que tem, como intuito, imitar peças de ouro (N. d. E.).

Cabeças e pele de enguias

Sábado à noite, quando meu pai recebia seu pagamento, minha mãe e minha irmã mais velha iam buscá-lo e compravam coisas boas para comermos com torradas. Meu dever era cuidar de casa e dos pequenos que já haviam adormecido.

Àquela época, morávamos numa cave[7] em Haarlemmerdyk. Tendo minha mãe e irmã partido, eu me sentava à pequena escada abaixo do nível da rua para olhar os passantes e os observava desde baixo, com a cabeça e os braços apoiados na tampa do esgoto que margeava as casas das cidades holandesas. De tempos em tempos eu descia para pôr a chupeta na boca de um dos pequenos que chorava, somente para poder voltar, depois, ao meu lugar.

Os pedestres eram escassos. Eu me escondia em nossa cave a cada vez que o vigia noturno passava, anunciando as horas e girando sua matraca, que me atemorizava. Quando ele desaparecia de vista, eu voltava a me sentar.

O sono me invadia, mas o anúncio de enguias defumadas, que eu escutava de longe, me despertava e me dava a esperança de que meus pais voltariam para casa com enguias defumadas ou arenques selvagens ou, quem sabe, salsichas cozidas.

Enfim vencida pela fadiga, adormeci na escada e o vigia noturno me levou à cave, onde me deitou no catre junto às outras crianças.

Meus pais tinham esta máxima: quem dorme, come. Pela manhã, eu, meus irmãos e irmãs menores encontramos cabeças e peles de enguias defumadas e arenques selvagens, restos da véspera, que comemos com nossas torradas.

---

[7] Zona habitável de um edifício, situada abaixo do nível do solo (N. d. E.).

Segundo êxodo

Estabelecemo-nos em Holland op zyn Smalst durante a construção do canal de Ijmuiden[8]. Meu pai trabalhava nos estábulos, mas este emprego foi mais um que não durou muito, e tivemos que nos mudar mais uma vez. Ele partiu a pé para Amsterdã, onde encontrou rapidamente uma ocupação que lhe parecia boa. Em um dia de domingo, enfim, veio nos buscar. Por seis florins alugamos uma charrete campestre que deveria nos conduzir para Amsterdã. Embora tivéssemos alugado a charrete inteira, o dono a havia preenchido em sua maior parte, com objetos seus: tonéis, painéis e um enorme moedor de café que ele pretendia amolar na cidade.

Eis-nos ali, lamentavelmente empilhados uns sobre os outros, partindo em direção à escuridão pelas serpentinas rotas holandesas, pavimentadas de tijolos amarelos. Passando Haarlem, nos hospedamos por algumas horas em um dique. Era impossível enxergar os próprios dedos em frente ao rosto e as únicas coisas que se podia escutar eram o rugido das ondas subindo pelas margens e os gritos estridentes das aves noturnas. A charrete parava a todo instante e meu pai descia o tempo todo para ver se ainda estávamos no meio do dique bem como para falar com o cavalo amedrontado pelo ambiente. O perigo era grande nesta margem estreita, iluminada apenas por uma lanterna embaçada presa à carroça. As crianças choravam. Minha mãe, a cada peri-

[8] Ijmuiden (antigamente Ymuiden), é uma pequena cidade portuária na província holandesa de Noord Holland. É a principal cidade da municipalidade de Velsen e vai do Canal do Mar do Norte até Amsterdã (N. d. E.)

go, recitava o Evangelho de São João: "No começo era o Verbo e o Verbo era com Deus, e o Verbo era Deus"; meu pai xingava, e o camponês permanecia em silêncio.

Um choque da charrete derrubou o moedor de café na minha cara. Eu comecei a urrar, mas minha mãe, que não podia ver o que aconteceu, irritou-se e deu cascudos em minha cabeça para que eu me calasse. Meu rosto todo inchou espantosamente, chegando a fechar meus olhos. Quando o dia nasceu, recomecei a gemer silenciosamente, dizendo:

– Mãe, olhe, eu quase não enxergo.

Minha mãe, assustada, protestou, dizendo que mesmo tendo pagado por toda a charrete, o camponês a havia lotado a ponto de quase matar seus filhos.

Chegamos em Amsterdã pela manhã, por meio do Haarlemmerdyk, onde meu pai havia alugado uma cave. Ele carregou os filhos, um a um, embaixo do braço e depois os levou ao chão. Eu, por conta do semblante inchado, fui levada por ele no colo até a cave, enquanto ele me consolava:

– Minha pobre *Poeske*[9], não chore mais: nós todos escapamos de um afogamento.

---

[9] "Gatinha", em holandês (Nota do Tradutor).

Non! Non!

Nos dias em que a miséria não nos acompanhava mais de perto, eu tinha alegrias e sensações deliciosas pela simples ação da minha imaginação. Nestes dias, pegava minhas bonecas, minhas bugalhas, minha sacola repleta de porcelana e faiança, adornadas de flores ou arabescos, e ia até os grandes canais em busca de uma bela casa.

Os grandes canais de Amsterdã me inspiravam muito respeito: grandes casas dos séculos XVII ou XVIII, cercadas por grades e correntes de ferro forjado, a porta majestosamente esculturada, verde escura como a água turva dos canais, incluindo um acessório martelado e cinzelado com ourivesaria ornando o grande painel, somente diante delas eu podia me imaginar como *Cinderela*, no alto de uma escadaria dupla de granito azul. As velhas árvores que refletiam na água e os barcos que deslizavam como sobre óleo, davam uma sensação de paz que jamais reencontrei em outro país.

Eu escolhia um degrau nas escadas e esvaziava minha sacola, dispondo minhas peças de faiança ao redor da passagem, como pratos sobre uma cômoda, e sentava minhas bonecas ao meio. Brincando, meu espírito se deleitava em sonhos que se passavam dentro de casa. Eu os habitava na companhia de personagens dos contos de Perrault[10], com salas repletas de bonecas de todos os tamanhos, vestidas como as princesas das imagens de Épinal[11],

---

[10] Charles Perrault (Paris, 12 de janeiro de 1628 – Paris, 16 de maio de 1703), foi um escritor e poeta francês que estabeleceu as bases para o conto-de-fadas moderno (N. d. E.).

[11] *As Imagens de Épinal* eram impressões variadas sobre assuntos populares, produzidas em cores vivas e vendidas na França do século XIX. Recebem o nome do local de nascença de seu primeiro editor, Jean-Charles Pellerin, que batizou sua gráfica de *Imagerie d'Épinal* (N. d. T.).

trazendo penteados feitos de cabelos reais, olhos que se abriam e se fechavam e capazes de dizer "papai" e "mamãe". Ou então eu navegava pelos canais num barco azul com velas laranjas.

Quando eu me imaginava a Bela Adormecida, o bosque me envergonhava, porque eu nunca o havia visto. Então eu me fazia dormir em meu barco azul celeste, que estaria à deriva numa ilha do Zuiderzee, passando pelos meandros dos canais da cidade, navegando docemente pelo canal dos Seigneurs. Ali, um cavalheiro, com rendas nas roupas, espada à cintura, adentraria o barco, me despertaria e me conduziria à sua bela casa pela escada na qual eu brincava.

Eu teria preferido, entretanto, ser desperta por uma jovem dama loira, a quem eu estenderia os braços ao abrir os olhos.

De vez em quando a porta da casa se abria, deixando passar uma velha dama trajando crinolina e um chapéu com abas, trazendo uma figura plácida emoldurada por faixas de unguento e um pesar cinza. Ou então era uma jovem vestida à última moda, com uma jaqueta sobre a saia cinza e um colante alto, trazendo consigo uma cauda de vestido que varria a calçada e um penteado com um grande coque encaracolado e um pequeno chapéu pregado à frente; grandes brincos às orelhas balançavam na ponta de lóbulos alongados e ela levava em mãos uma minúscula sombrinha de seda verde, bordada com uma franja, na qual o cabo de marfim se dobrava.

As damas me deixavam ficar na escada, perguntando amavelmente:

– Está brincando, pequena?

O som de suas vozes e o modo que pronunciavam as palavras me encantavam.

Em outras ocasiões, debaixo da escada, pela porta de serviço, uma servente com vestido de chita claro, avental branco e pantufas de tapeçaria floral, um gorro estreito de tulha sobre as tranças, trazendo uma pequena cesta de vime branca para compras, lançava-se raramente sem me dizer:

– Menina malcriada! Está matando aula!

Se, por um lado eu me sonhava companheira das belas damas que habitavam essas suntuosas moradas, por outro, estes parênteses me traziam de volta à realidade e, na falta de algo melhor, eu aceitava de bom-grado me tornar uma destas belas empregadas. Meu vestido de Páscoa não era tão imaculado quanto suas roupas de trabalho, e seus braços nus, enormes e vermelhos, me atraíam. Minha mãe, Mina e todos nós tínhamos braços muito finos, com pulsos minúsculos que desagradavam as mulheres do beco em que morávamos. Até os seios pequenos e altos de minha irmã mais velha se tornavam objeto de suas fofocas e elas desejavam, de boa-fé, um colo baixo e alongado, que balançasse dentro do corpete.

Uma vez, sentada sobre uma escada do canal de Seigneurs, uma jovem dama saiu de casa acompanhada por uma menina da minha idade, mais ou menos dez anos. A pequena parou para ver meus brinquedos, depois pôs as mãos no bolso e retirou uma moeda para me dar. Eu fechei as duas mãos atrás das costas, olhando a pequena dama. Seu pescoço enrubesceu e ela fugiu para perto da mãe, passando os braços em volta dela e escondendo seu rosto entre as vestes, chorando. A mulher a conduziu até mim e me ofereceu bombons, que eu aceitei, e depois se dirigiu à pequena em uma língua estrangeira. A menina respondeu na mesma língua: "*Non! Non!*", tripudiando e escondendo as mãos. A dama falava e, pegando sua mão, a pôs sobre a minha.

Nós nos olhamos. Ela tinha os olhos azuis e os cabelos loiros e encaracolados, como os meus. Neste momento eu a compreendi melhor do que jamais havia compreendido alguém de minha própria classe. Por quê, sendo tão semelhante, ela ainda assim era outra? Eu a teria agarrado, eu a teria pisoteado por essa diferença, que eu não podia compreender e que me parecia hostil.

Quando se foram, eu me perguntei qual seria aquela diferença, de onde ela viria e, de boa-fé, desde esse dia, eu me persuadi da ideia de que os ricos eram feitos de uma matéria mais preciosa que nós, os pobres. Eu me convenci de que quando eles falavam, sobretudo quando eles riam, sabiam expressar aquilo que eu somente sentia.

Mas outra coisa permaneceu comigo. Estes "*Non! Non!*" ditos, por uma voz enérgica, mas deliciosa, pela pequena dama, me parecendo as palavras mais belas e mais aristocráticas que já ouvira. Eu ignorava o que elas queriam dizer, mas eu as incrustara na memória e a primeira vez que as pronunciei foi quando Mina quis me enxotar de casa, ao invés de me deixar fazer cachos no cabelo de Naatje. Eu a respondi, tremendo como a pequena dama e imitando sua voz, com "*Non! Non!*", que a fizeram tanto parar sua limpeza, quanto levar minha mãe a exclamar:

– Meu Deus! Onde essa criatura infantil foi encontrar essas palavras? É francês!

– Francês? – disse Mina – onde você acha que ela aprendeu isso? São palavras que essa boba inventa, como ela inventa todo o resto.

– Sim, sim, é francês! Eu me lembro muito bem que minha mãe, quando eu era pequena, falava francês com seu irmão de Liège e que "*Non, Non*" aparecia frequentemente na conversa. Onde você ouviu essas palavras?

Eu não queria dizer nada. Mina defendia obstinadamente que eu as inventara. Eu nunca inventei nada: os termos inusitados dos quais eu me servia, havia lido ou escutado, e os repetia, para exaspero da minha família. Mas eu nunca havia me servido de um termo como esse.

Diante de uma injustiça, eu gritava "*Non! Non!*". Quando tentavam tirar meus brinquedos, eu trepidava "*Non! Non!*". Enfim, "*Non! Non!*" se tornaram para mim as palavras supremas de protesto e eu conheci seu significado, tendo certeza de jamais dizê-las de modo contraditório.

Na escola católica

Dado que os dois braços de meu pai não eram suficientes para alimentar dez bocas e que minha mãe, por conta de seus oito filhos, teve que abandonar seu ofício de rendeira, a miséria era contínua entre nós. Assim, de tempos em tempos, minha mãe escrevia a certas damas caridosas para obter alguns recursos que, por vezes, nos eram providos.

Poucas pessoas sabem ser boas sem se meter nos assuntos alheios. Uma destas damas havia decidido que eu não podia continuar a frequentar a escola comunal e devia, portanto, ir a uma escola católica. Tendo pagado cinco florins pela admissão, ela tinha o direito de enviar uma criança à instituição.

A primeira vez em que fui, vestia um pequeno vestido de chita lilás, um avental branco e uma fita azul nos cabelos. Uma noviça me conduziu à aula que eu deveria seguir e disse à irmã que a dirigia: "É a enviada de Madame...", nomeando a senhora que pagou os cinco florins. Fui conduzida à classe e olhei rapidamente as pequenas meninas na tentativa de saber se haviam entendido minha posição. Havia uma que, desde o início, me olhou com desdém. As outras me receberam muito bem. A menina que se sentava atrás de mim perguntou meu nome e eu lhe respondi:

– Keetje Oldema.

Ela começou a acariciar meus cabelos e meu pescoço: o gesto me percorreu de forma deliciosa dos pés à cabeça e a novidade me agradava. Aqui não me tratariam como pária – logo eu me desiludiria. A menina que me acariciava deve ter percebido as escamações e os piolhos sob meus belos cabelos loiros ondulados. Eu a escutei dizer à vizinha "Eca!". Aquela que havia se surpreendido com o nome de minha benfeitora contou o caso às outras e, à saída da escola, todas já me tratavam com desprezo. Ao cabo de quinze dias, eu era, em todo canto, a desprezada da classe. Se me aproximava, as outras paravam, se dizia qualquer coisa, me ridicularizavam e se distanciavam.

A filha de um engraxate, cuja mãe lhe fazia apresentável, inventou que meu pai era um cego bem conhecido da *béguinage*[12] que vendia fósforos e, por causa disso, me chamavam pela expressão "Vermelhos claros, senhor", palavras das quais o referido cego se servia para oferecer seus fósforos aos passantes. Minha revolta e humilhação não tinham mais limites. Isto, meu pai?! Meu pai, que era um frísio admirável, alto, de um metro e oitenta, belo como uma estátua, de límpidos olhos claros e cabelos encaracolados. Este velhaco caduco, desprezível, meu pai?! Meu pai, que era jovem e ágil, e saltava por cima de um cavalo, da cauda à cabeça?! Eu urrava de raiva, eu tremia, eu lhes explicava, mas meu frenesi aumentava ainda mais seu êxtase. Elas acabaram puxando meus cabelos, fazendo minhas escamações se abrirem e o sangue escorrer pelo meu pescoço.

E no que me tornei, com a chegada do inverno? Como, por conta do frio, a escola não permitia que os alunos voltassem para casa para o almoço, de modo que éramos obrigados a levar nossa própria refeição. Em casa atravessamos um período de fome absurda, estando meu pai desempregado. No primeiro dia, eu usei de pretexto ter esquecido meu almoço e uma das irmãs me deixou ir para casa. Entretanto, na segunda vez, vendo que eu não havia levado nada, a irmã conversou comigo e eu tive que confessar nossa miséria. Esta irmã piedosa, mas com pouco dom para psicóloga, se dirigiu às crianças dizendo que uma de suas pequenas camaradas não tinha o que comer e que as que tinham o suficiente consigo deveriam dividir.

---

[12] *Béguinages* (*begijnhof* em holandês), são complexos de moradia onde se instalavam mulheres devotas não iniciadas, que faziam votos de isolamento. A tradição remonta ao Século XIII e existem até hoje, sendo consideradas patrimônio da humanidade pela UNESCO (N. d. E.).

Quando disse isso eu me encontrava prostrada a seu lado, tremendo de vergonha e mortificada. Eu preferia a fome; eu conhecia a fome: a fome é silenciosa e, se você sabe se silenciar igualmente, ela lhe destrói sem alarde. Mas estes pequenos anjos, aos quais o apelo era feito, me atemorizavam. Eu disse à irmã que eu não tinha necessidade de nada, que minha mãe já havia saído à hora em que fui para a escola e que eu comeria a noite.

Confessara minha miséria à irmã em voz baixa. Agora, falava em voz alta para ser ouvida por todas.

A irmã, evidentemente, não recebeu minha fala desse modo, e me acusou de ser orgulhosa e mentirosa, dizendo ainda:

– Não há vergonha em assumir sua pobreza e suas pequenas camaradas mostrarão que são melhores do que você.

Houve quem me desse umas crostas roídas. Outras me deram pedaços mordidos. Eu não quis nada, decidida a não ir mais à escola para sofrer tais humilhações.

Na saída, todas me esperavam e começaram a me maltratar. Eu me defendia com pés e mãos, e mordi cruelmente alguém que me arranhou o rosto. Mas fui encurralada contra uma parede em que todas me bateram juntas, me puxando pelos cachos e cuspindo em minha cara. Até que um homem, entrando em meio à baderna com pernadas, me salvou do tumulto.

Em casa, eu supliquei à minha mãe para que não mais me enviasse à escola, pois eu era maltratada por conta de meus piolhos e de nossa pobreza. Ela respondeu que eu devia realmente ficar em casa para cuidar das crianças, pois se via obrigada a ir a diversos estabelecimentos de caridade a fim de obter recursos, uma vez que nosso pai, não tendo trabalho, havia partido na esperança de encontrar algum ofício em outra cidade.

Todos os nossos pobres pequenos foram tratados assim na escola. Kees e Naatje invariavelmente voltavam para casa com o rosto inchado e aos prantos. Kees era tão inocente que, àqueles que queriam maltratar sua irmã, ele dizia:

– Prepare-se, se ousar encostar na minha irmã!

E chorava grossas lágrimas, enquanto a protegia.

A sopa de ervilhas

Minha mãe havia recebido quatro vales para quatro porções de sopa de ervilhas. Para buscá-las, desinfetamos o melhor que podíamos nosso único tacho de madeira, que servia para todos os usos e que, com um prato branco servindo de tampa, nos parecia adequado.

Nunca tínhamos saído para buscar a sopa, pois minha mãe ficava por demais envergonhada com o tacho, que indicava claramente para onde íamos. Na rua, meninos nos seguiam gritando "*Sneert emmer, Snert emmer!*"[13]. Para evitar, então, uma grande via muito tumultuada, minha mãe fez um longo desvio pelas ruelas frequentadas pelos marinheiros.

Chegando ao orfanato luterano onde a sopa era distribuída, esperamos em fila. Minha mãe não ousou ficar: passou-me a vasilha e esperou nas proximidades.

Voltei com um tacho cheio de uma sopa bem quente. Havia geado e eu calçava os grandes tamancos de minha mãe. Com uma mão livre eu agarrava as correntes da escadaria do orfanato, mas a geada me fez escorregar sobre elas e eu caí de costas, derramando metade da sopa. Ao me ver chorando, um homem veio ao meu socorro, me levantando e resmungando que tal trabalho não devia ser encarregado a uma menina pequena. Ele se dispôs a carregar meu tacho, até que eu lhe disse que minha mãe se encontrava no meio da rua.

– Sua mãe?! E então?!

À distância, minha mãe nos olhava sem se aproximar, mortificada e vermelha de vergonha e cólera por eu ter indicado sua

[13] *Snert:* sopa de ervilhas. *Emmer*: tacho, vasilha (N. d. T.).

presença. Quando o homem me conduziu até ela, manifestando seu espanto, ela não soube o que responder senão:

– Eu não tenho nada a ver com essa criatura infantil!

Eu tinha onze anos de idade.

Minha mãe tomou o tacho em suas mãos, me lançando um olhar furibundo e, gingando seu corpo pesado pela gravidez – suas sandálias fazendo sonoros "*klots, klots*" pela lama –, voltou pelo mesmo desvio através das ruelas das prostitutas. Eu a segui à distância, e voltamos para casa melancólicas

Para completar a desgraça, a sopa havia pegado o gosto do tacho que servia para todos os fins.

Catequese e primeira comunhão

Havia dois anos eu seguia a catequese para realizar a primeira comunhão e sempre repetia de ano por não saber as lições. A discussão ininterrupta entre oito crianças no cômodo único de minha casa tornava o estudo impossível. Eu queria terminar o curso, não porque eu fosse crente (a religião nunca exerceu qualquer influência sobre mim), mas porque eu percebia que começava a parecer estúpida e isso era a última coisa que queria. Além do mais, pelo menos uma vez na vida seria vestida com roupas novas dos pés à cabeça.

Havia, então, jurado realizar minha primeira comunhão naquele ano. Escolhi uma escadaria ao pé de um canal para poder estudar, limpando um degrau com minha saia e forçando-me a decorar todas as perguntas e respostas. Isto aconteceu espontaneamente e eu, que me acreditava incapaz de aprender, retinha as respostas de seis ou sete linhas repetindo-as duas ou três vezes. Estava salva.

Na primeira vez em que me apresentei ao catecismo, um velho padre interrogou todas as meninas, menos eu. Acabei levantando a mão timidamente dizendo:

– O senhor esqueceu de mim, padre.

– Não esqueci, é que você nunca sabe a resposta.

– Hoje eu sei, senhor.

– Ah bem! Vejamos.

E expus meu estudo de uma só vez. Quando terminei, ele ergueu meu queixo, levantando minha cabeça.

– Você aprendeu mesmo a lição muito bem! – ele disse – como fez isso?

– Eu nunca podia aprender em casa por conta do barulho e porque não me deixavam tranquila. Agora eu vou até uma escadaria na qual fico sozinha e em paz.

– Uma escadaria? Você estuda numa escadaria?! E o que faz quando chove?

– Até agora não choveu.

Ele assentiu.

Quando veio a chuva e a neve, me refugiei nas latrinas instaladas abaixo das muitas pontes de Amsterdã.

Foi assim que me tornei uma das primeiras alunas da catequese e, quando o velho padre queria terminar as aulas mais rápido, ele me escolhia para que respondesse às perguntas. Um dia, ele me encarregou de fazer com que quatro meninas repetissem as respostas. Entre elas se encontrava uma menina indígena de alguma outra parte do mundo (em dias de chuva ela vinha toda paramentada). Me olhou com tamanha aversão que eu fiquei perplexa: "Como?!" – dizia seu olhar – "Essa piolhenta vai me avaliar?! A mim?!". Mas era bom que ela obedecesse, pois quem ordenava era o padre. Inquirida, respondeu-me numa voz baixa que só entendi a muito custo. Entretanto, para que ela me olhasse melhor, lhe disse:

– Perfeito, senhorita! Eu direi ao senhor padre que você aprendeu muito bem a lição.

Ela contraiu seus lábios escuros e produziu um sonoro "*Pheu...*", com um ar tão desdenhoso que eu até me engasguei.

Neste mesmo inverno minha família foi expulsa do beco e fui obrigada a continuar a catequese na igreja de nossa nova região paroquial. Mas eu queria a imagem santa que recebíamos ao obter o décimo ponto de progresso nas aulas: já tinha sete e o velho padre me havia prometido que minha imagem seria bela, porque ele via muito bem que eu era uma menina corajosa. Então, continuei indo até minha antiga igreja.

Ora, eis que, no dia do décimo ponto, quem estava presente era o vigário que realizava o catecismo e, por golpe de azar, eu mostrei a língua à menina indígena exatamente enquanto o vigário se virava para nós. Ele se irritou e disse que eu faltara com respeito a Deus ao ousar mostrar a língua em Sua casa. Para me punir, me fez ajoelhar diante do altar central, com os braços elevados abaixo da cabeça e uma banqueta em cada mão. Quando todos haviam partido, larguei uma banqueta (duas eram peso demais), e, com ambas as mãos, segurei a que sobrava o mais alto que podia. Vencida pelo pesar de ter perdido meu décimo ponto, acabei depositando também a segunda banqueta e, chorando lágrimas quentes e blasfemando como meu pai, me deitei em frente ao altar, sem preocupação com Deus.

Foi assim que uma das serventes do padre me encontrou, me perguntando por que eu chorava. Eu lhe disse que meus dez pontos estavam irremediavelmente perdidos e que, para concluir a primeira comunhão, eu deveria ir à minha nova paróquia e começar de novo. Ela partiu sem qualquer encorajamento e, alguns instantes depois, o vigário chegou, escondendo atrás de si um embrulho de papel branco. Ele me perguntou se eu havia me arrependido por ter faltado com respeito a Deus e, como eu respondi que "sim, me arrependera", me presenteou com a imagem: um São Pedro trazendo as chaves do céu. Eu teria preferido uma Virgem da Assunção, por conta das guirlandas de flores que a rodeavam, mas enfim eu tinha um prêmio merecido.

Jamais havia recebido qualquer prêmio na escola, pois eu era muito suja, maltrapilha e pouco assídua. Minha família teve que se mudar continuamente, sofrendo ameaças de expulsão por conta dos aluguéis que não podíamos pagar e minha mãe, negligente, às vezes esperava seis meses antes de fazer minha mudança de uma escola à outra. Assim, era sempre a última da turma, como todos os meus irmãos e irmãs. No entanto, era bem capaz de aprender o que era desejável e tinha outras habilidades. Minha voz era tão bonita que um dos professores sempre se punha ao meu lado, com a cabeça voltada para mim, quando cantávamos em coro. Na ginástica, meninos e meninas subiam pelas encostas enquanto eu, leve como um gato, sempre descia os degraus mais altos. O professor responsável, vendo meus trapos, não deixava que eu subisse até o topo. Ah! O que eu não daria para escalar até o alto!

E era assim para tudo!

A primeira comunhão se aproximava. O padre da nossa nova paróquia foi nomeado para o evento: ele era pleno de zelo e de uma bondade delicada, se ocupando em dar um grande destaque à cerimônia.

Ao invés de distribuir aos pobres os uniformes que lhes eram designados, ele combinou com a patronagem que remetessem às mães dinheiro para as roupas. Desde muito tempo, eu e minha mãe falávamos sobre essa veste que me estigmatizaria: mas ela recebeu dez florins e, assim, pudemos comprar uma roupa de nosso gosto. Eu ganhei um chapéu branco, revestido de tecido, um vestido cinza com gomos elegantes, rígido como uma prancha, que me ensacava, mais do que me vestia; também recebi botinas altas com cadarços de seda branca como dois sininhos aos pés e luvas de algodão branco. Uma dama me deu um véu que era de sua filha, bem lavado e engomado, parecendo mais belo que um véu novo.

Meus cabelos se encaracolavam naturalmente, mas na antevéspera da primeira comunhão, eu apliquei três camadas de bobes, enrolando os cabelos pela manhã com um bastonete e molhando-os com café açucarado para fixá-los, o que me deixou com uma cabeleira marrom, ainda que fosse loira como milho.

Na manhã da comunhão me vesti, radiante por estar tão bela, e fui até a igreja acompanhada por minha mãe. Eu andava dois passos adiante dela, levando na mão esquerda um pequeno lenço de musselina aberto à minha frente e, na mão direita, meu livro de preces.

Todas as crianças estavam um pouco pálidas por conta do jejum. Para mim, isto não causava efeito algum. Estava treinada. Todas nós, ricas e pobres, nos exibíamos: nossos vestidos, nossos calçados, nossas saias. De minha parte, todo meu orgulho ia para os sininhos na botina e eu levantava meu vestido continuamente para que eles fossem notados.

O padre havia me assustado profundamente, tendo dito que todas aquelas que não haviam sido sinceras certamente adoeceriam no dia da comunhão ou cairiam mortas ao se aproximar do altar. E também que era preciso deixar a hóstia se dissolver, porque se a mordêssemos, nossa boca verteria sangue.

Eu não tinha como gostar da religião. Como contos de fadas eu preferia Cinderela e o Pequeno Polegar àqueles de santos e santas. Tampouco tinha medo. Estava convencida, apesar de meus esforços, de que me importava pouco com Deus, que Ele havia me derrubado e, chegando perto do altar, implorei que me desse fé e sinceridade.

– Deus! Fazei com que eu seja sincera quando digo que vos amo! Dai-me a fé, eu imploro!

A esta altura, eu havia perdido um dente-de-leite, que dera lugar a um outro, muito pontudo, com o qual eu mordia frequentemente a língua de modo cruel. Ora, eis que bem no momento da comunhão, eu apertei de tal forma os dentes que, ao fechar a boca, encrustei a hóstia em meu dente pontudo e comecei a vagar e ziguezaguear como bêbada.

Esperei para ver o sangue verter de minha boca, sujando a roupa de todas as outras, e estragando meu vestido.

E que escândalo! Ouvi o padre literalmente me tocar para fora da igreja, e vi todos os ajudantes me abrirem passagem como se eu tivesse a peste.

Ademais, meu pai havia nos deixado novamente e não teríamos mais ninguém para nos ajudar. As pessoas diziam:

– É uma daquelas que mordeu o Bom Deus! Que morram de fome!

Eu tive todos os problemas do mundo para seguir os outros e reconquistar meu espaço. Na sacristia, nos ofereceram pequenos pães e café. Uma dama me tomou em seus braços, dizendo:

– Ah! A pobre pequena! Vai desaparecer de fome.

Mas não! Eram terríveis as dores pelas quais eu passaria.

E enfim, nenhum dos meus medos se concretizou!

Escuto o andar das pulgas

Habitávamos um cômodo único em um beco imundo de Amsterdã em que o sol nunca penetrava. Se, no inverno, o frio e a umidade eram glaciais, no verão o calor húmido nos aniquilava. Havia apenas uma alcova no andar, como nos barcos pesqueiros, mas era separada: vivíamos como num armário. Meus pais dormiam num compartimento abaixo, algumas das crianças num compartimento alto e, os outros, sobre palha espalhada pelo chão. Em um canto, um pequeno tonel servia como cadeira para toda a família. Em outros cantos, trapos sujos de criança e, atrás disso, os dejetos de toda uma casa miserável. O odor do cachimbo de meu pai e as emanações de dez pobres tornavam a atmosfera irrespirável.

Numa noite de calor insuportável, eu estava estendida com três de nossas crianças em um beliche alto. As crianças dormiam, mas eu permanecia desperta: virava e me revirava, agitada. Estávamos deitados sobre sacos de tela grossa, cheios de aveia que, reduzida a pó e embebida em urina de criança, formava uma matéria imunda e corrosiva. A tela me irritava e queimava a pele, as pulgas me assediavam terrivelmente; eu sufocava, tinha machucados nas orelhas que me causavam alucinações. Chamei minha mãe silenciosamente, dizendo que não podia dormir porque escutava as pulgas andarem.

– Você escuta as pulgas andarem? Ah! Criatura infantil! E você me acorda por isso? Você vai ficar quieta, não vai? Estou exausta e quero dormir.

Eu me calei, mas continuei a me agitar. Não aguentando mais o desconforto, escorreguei até o chão, auxiliada por uma corda, me vesti e saí.

Talvez fossem quatro horas da manhã. Na rua, somente alguns despertadores (eram as pessoas que, por cinco centavos por semana, despertavam os operários, fazendo um barulho que incomodava toda a vizinhança). Além deles, ninguém. Todas as lojas de Nieuwendyk estavam fechadas, a calma imperava por todos os lados. Ah! Como amava aquilo!

Fui em direção ao Dique Alto que avançava pelo *Y*[14]. O Dique Alto era meu passeio favorito. Ali eu frequentemente matava aula com minha irmã Naatje. De ambos os lados, o *Y* estalava contra as margens, onde podia-se encontrar moluscos. Pouco mais longe ficava um oásis de árvores e ervas floridas. Quando cheguei ao dique, o ar fresco do largo e a brisa matinal causaram um tal alívio que eu abocanhei o ar e levantei os braços esticando os dedos, para sentir melhor o vento sobre minha pele irritada. Fiquei assim por muito tempo, embriagada, e continuei meu passeio buscando flores. Chegando junto às árvores me surpreendi ao encontrar, em meio às ervas, dentes-de-leão e margaridas fechadas. Nunca tinha visto flores noturnas e não conhecia esse fenômeno. Fiquei tão maravilhada que colhi algumas, como prova, e fui me sentar em um banco, próximo a um canteiro de obras. Um dos trabalhadores se aproximou e se sentou ao meu lado, dizendo:

– Ah, menina! Já está acordada! E onde você vai?

Eu lhe respondi dizendo que não conseguia dormir e por isso saí, mas eu não falei sobre as pulgas. Depois eu lhe perguntei por que é que os dentes-de-leão e as margaridas estavam fechadas.

– Ah, meu Deus, que anjo! Elas dormem, minha querida, elas dormem.

Dizendo isso, ele me levantou e me pôs em seu colo. Mal eu havia me sentido em seu colo, fui agarrada e jogada sobre as ervas, enquanto um homem saltava à garganta do indivíduo, gritando em sua cara:

[14] O Rio Y (hoje grafado *Ij*) é um lago, antigamente uma baía, conhecido por ser a costa de Amsterdã (N. d. E.).

– *Sodomita*[15] imbecil! Você esteve na prisão por abusar de crianças, acaba de sair e olha só, já recomeça! E você, o que faz fora de casa a essa hora? Vá embora!

Eu não esperei que ele repetisse. Corri e cheguei sem fôlego em casa, entrando de uma só vez. Minha mãe despertou de sobressalto:

– O que aconteceu? O que aconteceu? – gritava.

Mesmo com muito medo, não me dei conta do perigo do qual acabara de escapar. Assim, ao invés de contar o que havia acontecido, respondi:

– Mãe, você sabe por que os dentes-de-leão e as margaridas se fecham à noite? Bem, é porque elas dormem! Como nós!

– O quê? Do que está falando? Você saiu?

– Sim, eu fui até o Dique Alto para me refrescar e buscar flores, mas elas estão dormindo.

– Ah! Criatura infantil! Uma hora ela escuta as pulgas andarem e agora os dentes-de-leão dormem! E com tudo isso, você me acorda a todo instante. Eu estou exausta, exausta. Vá para seu catre e durma.

Dormi, mas não sonhei. E quando minha pobre mãe voltou a acordar, eu saí delicadamente do beco, onde joguei bugalha[16] sobre a pedra de uma cisterna da rua.

---

[15] O termo "sodomita", na Holanda, é correntemente usado como termo pejorativo (N. d. T.).

[16] Bugalha é um jogo tradicional em muitos países, constituído por cinco peças, normalmente pedras polidas ou saquinhos costurados, com certo peso específico. Os jogadores lançam as peças do jogo no ar e tentam pegar o maior número possível, quem pegar o maior número de pedras é o vencedor (N. d. E.).

Decepção

Fui convidada a uma festa de caridade para crianças. Era expressamente dito que as mães deveriam conduzir os filhos, bem como buscá-los. Como não havia vestiário para guardar chapéus e casacos, deveriam levá-los. Vejam bem, vocês acham que minha mãe deixaria suas crias para me levar a uma festa? Se quisesse ir, poderia muito bem ir sozinha. O que mais me inquietava era meu chapéu: havia colocado na cabeça que seria expulsa se descobrissem que minha mãe não estaria lá para levá-lo. Ora, eu definitivamente queria comparecer ao evento. Haveria um sorteio e eu certamente ganharia uma caixa de costura, sonho de minha vida! Pois desde os seis anos de idade confeccionava as roupas e os penteados das minhas bonecas, de modo que o famoso chapéu, sujeito de meus transes, eu mesma havia feito.

Portanto, fui sozinha até a festa, à noite, debaixo de uma chuva forte. Ingressando no recinto ao mostrar meu convite, tirei meu chapéu e o escondi debaixo do meu avental, como uma ladra. Tenho a memória de que a alegria estava no comando. Nos deram leite de anis e pequenos pães amanteigados, nos fazendo cantar *Wien Neêrlands Bloed*[17] e *Wilhelmus Van Nassouwe*[18], e nos corredores iluminados por alguns lampiões, nós cantamos, embaixo de uma chuva quente que nos fazia esfumaçar como em um banho turco, *Patertje, Patertje, langs den kant*[19] e brincamos de *Colin-Maillard*[20].

---

[17] Hino nacional holandês entre 1815 e 1932 (N. d. T.).
[18] Hino do Reino da Holanda. Datado do Século XVI (N. d. T.).
[19] Canção folclórica holandesa (N. d. T.).
[20] Cabra-cega (N. d. T.).

Enfim, o sorteio!

– Há alguma caixa de costura?

Nós espiávamos através das caixas.

– Sim, há algumas.

– Ah! Eu vi. Se pudesse ao menos ganhar uma!

E eu pensava comigo mesma: "Tenho doze anos; é tempo que eu tenha uma caixa de costura para não mais receber cascudos quando misturar as linhas de minha mãe. Além disso, há tudo numa caixa: um dedal, tesouras e outros utensílios". Era minha vez. Eu pego um bilhete. Um homem o abre e diz:

– Três imagens.

E ele me deu três imagens, representando batalhas.

Deixei de me interessar pela festa: para mim, era só mais uma decepção. Assim que abriram as portas, parti. Vesti de novo o chapéu e tomei meu caminho para casa debaixo da chuva, sozinha, às dez horas da noite, pelas pontes e canais. Chegando em casa, dei minhas imagens de batalhas a um dos meus irmãos e fui me deitar, chorando.

Meu pai propõe nos abandonar

A proprietária do buraco em que vivíamos veio nos insultar por conta das duas semanas de aluguel que lhe devíamos.

Depois disso, fomos para a cama todos agitados.

Sobre a palha no piso, as crianças adormeceram rapidamente. Eu não conseguia.

Meus pais sussurravam na alcova. Meu pai propunha à minha mãe abandonar todas as crianças, dizendo que a cidade sem dúvida cuidaria delas e que, pelo menos, teriam menos fome e frio do que agora; dizia que estava no topo de sua força, tendo somente trinta e oito anos e ela, por sua vez, não teria mais filhos, e que podiam então, refazer uma vida a dois, ao que minha mãe respondeu:

– Não, não, abandonar as crianças, jamais!

Escutei tudo isso do meu leito e fui tomada por um terror louco. Queria acordar meus irmãos e irmãs para preveni-los, ou suplicar a meus pais que não nos abdicassem, mas não ousava, com medo de apanhar. Rastejei de barriga até a porta e me prostrei diante dela, a fim de impedir que partissem.

Percebendo um ruído, meus pais se calaram.

Minha mãe disse:

– É Keetje. Ele deve ter nos ouvido; com cenas como essa de hoje à noite ela nunca consegue dormir.

– Não – disse meu pai – isto são ratos.

Depois, ele me chamou:

– Keetje, Keetje!

Eu não me movi.

– Eles todos dormem – ele continuou – Se você quiser, venha me encontrar amanhã ao meio-dia no estábulo e nós partiremos. Como é dia de pagamento, teremos um pouco de dinheiro para tomar o barco para longe daqui.

– Não, não. Eu jamais abandonarei meus pequenos.

Calaram-se.

Eu adormeci perto do amanhecer, estendida diante da porta. Quando minha mãe se levantou para preparar o café de meu pai, me encontrou lá, prostrada.

– Viu?! Eu tinha certeza: ela nos escutou e quis nos impedir de partir.

Meu pai se ergueu num pulo, se vestiu em quatro movimentos e fugiu sem esperar o café.

Perto do meio-dia, brincando de escola com as crianças, eu as tinha todas sentadas no chão e minha mãe não havia partido, como sugeriu meu pai durante a noite.

Esperei ansiosamente pela noite. Quando meu pai enfim voltou para casa, me joguei em seus braços, chorando. Ele me ergueu silenciosamente, me pôs sobre seus joelhos e, me acariciando os cabelos, disse com uma voz rouca:

– Keetje, eu estou constantemente cansado, e quando, como ontem, alguém vem nos injuriar, eu deixo de saber o que estou fazendo.

– Pai – eu lhe disse – me deixe dormir entre você e minha mãe essa noite? Eu gostaria tanto. Posso?

– Sim, minha Keetje, sim, minha *Poeske*. E junto à sua boneca, não?

– Não, pai – eu murmurei – só com vocês dois.

Eu me sentia indefinivelmente feliz.

Faço visitas

Uma manhã minha mãe me disse:

– Keetje, você deve ir à escola hoje. É preciso que você visite a senhorita Smeder e, depois, com meus cumprimentos, a senhorita Rendel[21].

– Mas mãe, elas não gostam que eu as visite.

– Não temos escolha, Keetje. Cada vez que as visitamos elas nos dão pão. Não podemos deixar de ir.

Os Smeder e os Rendel eram antigos vizinhos e, para visitá-los, tive de caminhar pela neve até a outra ponta de Amsterdã, onde viviam.

Fui primeiro aos Smeders. Eram proletários, como nós, mesmo que de um grau inferior. O marido, manobrista nas docas, não era capacitado para um ofício junto a um grande empregador, ao passo que meu pai, que tinha um belo chicote adornado a ouro e, nos dias de enterro e matrimônio se sentava à boleia portando uma gravata branca, era um cocheiro muito qualificado. Mas os Smeders tinham somente um filho, criado quase que totalmente por sua avó. Entre nós, meu pai se esforçava para prover para oito. Era mortificante ter que aceitar a caridade de nossos semelhantes.

Ao chegar à casa dos Smeders, tirei com apreensão meus tamancos ao pé da escada quase perpendicular, limpando-os cuidadosamente com água de giz e subi me segurando no cabo que servia de apoio. Chegando ao nível superior, bati vigorosamen-

---

[21] Na Holanda, as mulheres casadas das classes populares e da pequena burguesia são tratadas simplesmente por "senhorita" (N. d. T.).

te à porta, abrindo-a, após receber uma resposta, entrando no quarto. A senhorita Smeders me olhou friamente.

– É você, agora, Keetje? Preste atenção, você está sujando a esteira. Vá se sentar ali – ela me indicou uma cadeira perto da porta – e levante suas pernas para não sujar as barras.

– Sim, senhorita. Minhas meias estão molhadas porque meus tamancos estão esburacados.

Ela continuou a engomar seus gorros brancos com amido e depois a camisa que seu marido vestiria no domingo. Seus movimentos eram fracos, mas seguros. Vestia, como sempre, uma saia de merino negro, grande, de seis alnas, e uma camisola de chita lilás, cujo corpete com ombros caídos e as abas descendo até os joelhos se enrugava ao redor do decote. Nos pés, calçava meias brancas e pantufas de tecido verde com flores vermelhas. Em torno do pescoço livre, vestia um colar de quatro fileiras de coral, com fecho em filigrana de ouro e, nas orelhas, longos brincos em coral. Adornou o cabelo com fitas cor de areia, lustradas com pomada, que lhe cobriam as orelhas e um gorro branco afunilado cujas franjas pendiam sobre as costas. O tremor contínuo de suas narinas dilatadas e seu olhar azul julgador sempre me causavam um mal-estar. Eu definitivamente não gostaria de irritá-la.

O calor gostoso que emanava de uma panela me subia à cabeça: tudo me parecia velado. A cada uma de minhas visitas eu mirava com espanto este quarto com teto baixo e traves laranjas cuja ordem e propriedade me intimidavam. No meio da tábua esfregada com água de giz estendia-se um grande véu em tela, pintado de amarelo e com as bordas laranjas, que a mulher repintava todos os anos; ao redor, esteiras por todo lado. Diante e abaixo da mesa posta entre as duas janelas, coberta com uma tela amarela encerada, havia pedaços de tecido de todas as cores. Nas janelas verticais, vasos de gerânios que, no verão, ficavam do lado de fora, cortinas de chiffon xadrez, seguras por fitas amarelas e, no meio, uma tela de estame azul, para que "os vizinhos não pudessem ver os pedaços de comida à boca". Fora das janelas, varais nos quais, no tempo seco, penduravam as camisas de lã vermelha do marido.

Cadeiras pintadas em acaju se enfileiravam ao longo das paredes ornadas de imagens. Em um dos cantos se encontrava uma cômoda de mesma tonalidade, guarnecida por fechaduras de cobre e, em cima dela, um barco à vela, obra do marido, velho marinheiro. Sobre a mesa, um aquário com um peixe dourado e, perto do lugar preferido do marido, uma escarradeira em faiança azul. Debaixo da mesa, dois rescaldeiros de madeira.

Um doce entorpecimento me invadia. Este conforto, tão distante de nossa vida, me fazia sonhar. Como seria bom aquele bom assento de palha, se meu pai o tivesse para descansar, apoiado contra o encosto, com um rescaldeiro a aquecer-lhe os pés e secar-lhe as meias! Pois meu pai sofre muito quando, nestes tempos, é obrigado a limpar os coches ao ar livre. Suas mãos incham como bolas grandes e as feridas lhe torturam à noite, a ponto de lhe impedir o sono. Com um assento como aquele, poderia me pôr em seu colo enquanto fumava seu cachimbo. A escarradeira seria inútil, pois meu pai não escarrava.

Com o olhar ainda a vagar, dei de encontro a alcova fechada, laranja como o teto, guarnecida por cortinas de chita lilás amarradas por fitas: podia-se ver o leito coberto por fronhas e lençóis quadriculados em vermelho e branco. Sob a lareira alta, ladeado por um volante floral, estendia-se um longo fogão decorado com cobre, trazendo uma chaleira de bronze. Próximo à lareira, o balde de brasas em cobre amarelo e vermelho.

Senhorita Smelders passava sua vida a esfregar, polir e fazer reluzir tudo até não poder mais. O cheiro de terebintina e de álcool, que serviam para diluir a cera e outros ingredientes para polir, impregnava o quarto. Tudo aquilo me intimidava: eu bem gostaria de viver em meio a toda essa beleza e ordem, mas para isso, teria que mudar de mãe e não teria mais Dirkje, nem Naatje, nem Keesje. Ah não! Ah não! Eu não os trocaria por nada. Por nada. Ao pensar nisso minha boca se apertava e eu me agitava sobre a cadeira.

Mas não se remexa assim Keetje! Você vai esburacar a esteira com os pés da cadeira.

Me aquieto por um instante. Imagine minha família largada aqui? Dirk, que ainda rasteja de cócoras?! Que estrago! Eu ria por dentro, mas não ousava manifestar minhas sensações.

– E sua mãe, Keetje? Ela não te disse quando vai comprar um novo bebê?

– A senhorita pensa que minha mãe compra crianças? Eu creio que elas nos são dadas à força! Não temos nem mesmo dinheiro para comprar óleo de lampião. Eu entendo que a senhorita o compre, mas nós?! E meus pais dizem sempre que isso é uma calamidade, mas que não há nada a fazer.

A Senhorita Smelders me olhou com a boca escancarada, mas não respondeu. Escolheu uma panela, pondo-a sobre o fogo e, após enchê-la de óleo, foi à alcova, levantou o edredom debaixo do qual tirou uma bacia repleta de massa de crepes que havia deixado lá para crescer e começou a prepará-los para o jantar. Deixou o óleo ferver e versou a massa com uma concha, deixando tostar bem ambos os lados, deslizando os crepes sobre um prato no qual esparramava xarope doce, cobrindo um prato com outro, colocando-os novamente no espaço entre o colchão e o edredom para mantê-los quentes. Depois de chupar os dedos, pôs dois pratos sobre a mesa, dois talheres de estanho brilhantes e um prato de peixes fritos deliciosamente crocantes para que fossem consumidos com batatas.

Ah, se ela pelo menos me desse um peixe ou um crepe! Eu lavaria bem suas vasilhas e ficaria lá até o fim do dia para substituí-la em todas as suas tarefas. Mas ela se dirigiu até o armário e pegou um pão preto, que me deu sem nem menos embalá-lo, dizendo:

– Agora vá! Meu marido está chegando para comer e não gosta de encontrar estranhos em casa. E envie meus cumprimentos à sua mãe.

– Obrigado, senhorita, e meus cumprimentos a seu marido.

Peguei meus tamancos à porta, desci me segurando pelo cabo e, pela neve fundida que penetrava novamente em meus calçados, atravessei a rua para visitar a outra antiga vizinha.

Dizia-se que a senhorita Rendel havia sido uma dama respeitável, mas havia se casado abaixo de sua classe. Seu marido era corretor em uma transportadora. Eles tinham cinco filhos, eram bem resolvidos e moravam num rés-do-chão[22]. Pela manhã, a senhorita Rendel cuidava da casa e invariavelmente saía após o meio-dia, trajando um vestido barcaça cinza sobre uma grande crinolina e um xale negro de bordas violeta que ela prendia à sua frente com um grande camafeu, cruzado à cintura, cuja ponta, por trás, arrastava no chão. Levava um chapéu de coifa camponesa em cetim cinza com franjas violetas amarradas sob o queixo por um nó com os fins pendentes. Cachos grisalhos escapavam por baixo do chapéu por ambas as têmporas. Suas botinas muito grandes, sem saltos, eram de elástico e laçadas nos lados. Levava também uma bolsa de tecido negro nos braços, luvas de um botão, costuradas na extremidade, e um lenço branco em uma das mãos. Nestas roupas respeitáveis, a senhorita Rendel passava pela rua saudando as vizinhas entusiasmadamente. Encontrava suas antigas amigas e voltava ao fim da tarde, com a bolsa cheia ou com pacotes escondidos debaixo do xale, pagando suas pequenas dívidas no dia seguinte. Recebeu-me amavelmente e, como a senhorita Smeder, perguntou se minha mãe já havia comprado um bebê.

– Não, senhorita! Minha mãe não fará tal estupidez! Estamos em um momento negro: olhe meus tamancos. Ela não vai comprar nenhuma criança: já temos oito delas.

– Bom, Keetje, bom! Venha mais perto do fogo. Que tempo horrível, não é, minha criança?!

Ela não se importava que eu sujasse seu assoalho.

Eu me sentia bem à vontade em sua casa, mas preferia a casa da outra vizinha. Aqui, as botinas se espalhavam embaixo da mesa, o xale sobre uma cadeira, os chapéus sobre os móveis e os

---

[22] Pavimento localizado ao nível da rua, antes do primeiro andar de uma edificação (N. d. E.).

brinquedos de criança em todos os cantos. Ela mesma usava um velho vestido preto manchado e trazia bobes nos cabelos.

Batatas e *boulettes*[23] de carne ferviam e douravam numa frigideira. Minha boca se encheu de água. Havia nove *boulettes*: uma para cada criança e duas para cada um dos pais. Se a senhorita Rendel tivesse resguardado um pouquinho de cada uma, poderia ter feito uma a mais para me oferecer. E deviam estar boas, pelo cheiro! É estranho: como eles se arranjavam para ter tantas coisas boas? Entre nós tais coisas nunca existiam, nem mesmo nos aniversários, nem no dia de São Nicolau[24], nem no Natal. Jamais, jamais! E lá há de tudo, todos os dias. Aqui eu via sempre nove *boulettes* no fogo.

O senhor Rendel chegou subitamente para o jantar, assim como a filha mais velha que aprendera a devida etiqueta: ambos me recepcionaram muito bem. A senhorita Renders, então, foi ao jardim e recebeu, do padeiro ao lado, um pão preto por baixo do muro, que ela me deu, dizendo:

– Keetje, agora você deve ir. Vá, minha pequena e envie meus cumprimentos à sua mãe.

Todos me conduziram amavelmente até a porta. A filha mais velha também me cumprimentou e voltei à outra ponta de Amsterdã, carregando meus dois quilos de pão preto sem embrulho.

A neve caía espessa. Quando cheguei de volta a nosso beco, todas as mulheres estavam completamente agitadas: ao entrar em casa, fui surpreendida pelos gemidos de um recém-nascido.

---

[23] *Boulette*, semelhante à almôndega, é um prato típico dos Países Baixos (N. d. T.).

[24] Dia 5 de dezembro (6 de dezembro, na Bélgica), marca o Dia de São Nicolau, festa muito popular nos Países Baixos em que há desfiles e a presença do Santo, acompanhado de seus ajudantes, Zwarte Pieten (Pedros Pretos), cuja representação vem sendo extensamente problematizada em ambos os países por consistir de pessoas brancas com rostos pintados de preto e vestindo perucas crespas, emulando sotaques estrangeiros e fazendo estripulias, em clássica reprodução de *blackface* (N. d. E.).

Pião e Pipa

– Eu quero um pião grande como uma chaleira – dizia Dirk – e que fará o som de mil abelhas ao girar.

Quando Dirk girava seu pião sobre o cais, ele se ajoelhava e, apoiado sobre as duas mãos, a cabeça pendendo para o lado do brinquedo, o escutava girar. Seu semblante irradiava: seus olhos azuis enegreciam, seus lábios se umedeciam e todo seu ser tendia a uma atenção apaixonada. Por causa disso, quando seus piões caíam no canal, raramente minha mãe lhe recusava um centavo para que comprasse outro. Dirk tinha um novo amor, que pintara de laranja com listras azuis e verdes, e no qual encontrava qualidades que não existiam no pião antigo. Sua paixão durou até a próxima catástrofe, que ele correu para nos contar, gaguejando, perturbado e sem fôlego.

Kees, por sua vez, queria uma das pipas vendidas em uma das lojas da cidade.

– Porque as que eu mesmo faço – dizia ele – não querem nunca subir. Os rabos são pesados demais. Eu amo que o vento sopre por dentro dela fazendo *Houhououououo*... Parece um moinho de vento girando. E quando ela sobe bem, você puxa e tem a sensação de que vai sair voando junto dela. Eu quis muitas vezes ser o rabo de uma pipa para me sentir balançando lá no alto, nos ares.

Aos domingos cedo, Kees ia a até a choupana do comissário Barend, localizada num dos cantos de nosso canal. Quando o tempo estava bom e havia brisa, Barend, desenrolava a corda de sua pipa. Enfiado em camisas de manga, a calça bem alta com suspensórios, o boné preto guarnecido por dois sinetes à frente, as orelhas furadas levando dois anéis de ouro, o cachimbo de argila de Gouda à boca, ele trazia seu ar de domingo: o de um velho pangaré escovado.

Kees segurava a pipa com as duas mãos e dizia:

– Solte!

E depois de inúmeras tentativas, a pipa subia, balançando.

Quando chegava a certa altura, Barend passava o controle da corda a Kees e, de um salto, subia ao teto de zinco da choupana. Kees então lhe devolvia a bola, que ele tinha que segurar com toda a força, subia ao lado de Barend e a desenrolava metodicamente, ambos seguindo o brinquedo em sua subida.

O homem e o menino permaneciam lá durante toda a manhã, com as cabeças elevadas, a observar seriamente as evoluções da pipa que subia, subia, balançando elegantemente seu rabo comprido. Quando ela desaparecia, bem alta, eles olhavam emocionados e via-se a satisfação brilhar em seus olhos.

De tempos em tempos, Barend pedia a Kees para reacender seu cachimbo de argila ou então lhe passava o bastão, todo desenrolado, e reajustava sua saliva, depois de lançar uma longa cusparada marrom. Depois ambos se aquietavam, contemplando.

Alguns minutos antes do meio-dia, a mulher de Barend berrou para lhe advertir do almoço e o homem começou a enrolar cuidadosamente a fieira ao redor do bastão.

– Keesje, se o vento não parar, ainda haverá um tempo bom esta tarde para uma nova subida. Agora, vá almoçar.

Um dia, Barend perguntou:

– Domingo nós comemos bem: carne moída. E você, o que você almoçou domingo?

Kees pensou por um instante e, não se lembrando de outra carne que não a de língua de cavalo, que meu pai comprava por alguns centavos perto do estábulo de seu patrão, respondeu corajosamente:

– Domingo, na nossa casa, comemos língua de cavalo cozida e batatas.

Barend o mirou de canto de olho.

– Olhe, pirralho, tire sarro de seus pais, mas não de mim!

Kees, confuso, não respondeu. Barend partiu chateado, dizendo:

– Então, até mais.

O pequeno voltou para casa, onde constantemente não tinha o que comer a não ser pão e café ruim, e nos contou a piada de mal gosto de seu amigo.

– Estúpido! Como foi dizer a ele que comemos língua de cavalo? Vão comentar sobre nós.

A criança ignorava o fato de que nós escondíamos o hábito de comer carne de cavalo.

À tarde, Barend e Kees se reposicionaram sobre a choupana e, até a noite, com a cabeça elevada e olhar fixo, seguiram a pipa em seu caminhar aéreo.

Expulsão

Era pleno inverno. Havia quatro semanas que não podíamos pagar nosso aluguel. Seríamos expulsos do quarto único que ocupávamos por um florim semanal, num beco imundo de Amsterdã. Minha mãe ia até a casa da zeladora a fim de lisonjeá-la, mas, chegando à extremidade do beco, voltou precipitadamente levantando os dois lados de sua crinolina.

– Eles estão lá! Eles estão lá! – Ofegava.

De fato, três homens chegaram: um zelador e dois ajudantes, e começaram a jogar nossas roupas velhas no beco. Meu pai, que se prevenira, correu e encontrou um modo de evacuar a família por uma janela no corredor vizinho. Abrimos uma porta do beco, que dava saída para a parte de trás de uma casa em Nieuwendyk e, ali, conseguimos resguardar alguns objetos, bem como as crianças.

O zelador fechou o quarto vazio e nós nos encontramos sem casa em pleno inverno, com nove crianças, sendo uma delas em idade de amamentação, e isto por uma dívida de quatro florins.

Estando o berço, e tudo aquilo que conseguimos salvar, no meio da passagem, minha mãe pediu que eu ficasse com as crianças para que achasse um lugar para passarmos a noite. Não me lembro o que fez meu pai, mas minha mãe se ausentou por muito tempo. A passagem começou a escurecer e ficamos ali, sem luz, previamente retiradas para evitar incêndio. Algumas das crianças choravam de fome e frio; outras adormeceram nos cantos, sobre a calçada. Eu embalava o bebê em meus braços, morrendo de medo e inquietação. Soluçava e, de tempos em tempos, chamava minha mãe em voz alta, até que não ousei mais me mexer por medo de acordar os vizinhos que dormiam em volta, notificados de nossa saída. Enfim, minha mãe retornou: todas as crianças se puseram a chorar de uma só vez. Ajudada por uma das serventes da casa, minha mãe nos agasalhou da melhor forma que pode. Meu irmão, Hein, dormia tão profundamente que não conseguimos acordá-lo. O que fazer? Não podíamos carregá-lo. Colocamos ele, então, no berço, onde dormiu a noite toda. Se acordasse, morreria de medo por se encontrar sozinho, metido nesta passagem. Mas não despertou.

Minha mãe nos conduziu a uma habitação de pescadores. Em um quarto grande, três dc cinco catres estavam reservados para nossa família: um para meu pai e minha mãe com o bebê, o segundo para os quatro meninos e o último, para as quatro meninas.

Minha mãe desceu por um instante. Durante sua ausência, um homem que ocuparia um dos outros catres entrou no quarto. Ele me parecia velho e, para mim, alguém de outro mundo: embora vestido em farrapos, tinha o ar de um cavalheiro. Parou, surpreso, olhou para todos e depois veio até mim, pondo as mãos em meus cabelos, acariciando-os, levantou minha cabeça e, me olhando minuciosamente:

– Ei! Ei! Em alguns anos! Em alguns anos!

Eu não me enganara: era um cavalheiro. Ele pronunciava as palavras tais quais eram escritas nos livros que eu lera: eu havia notado que as pessoas ricas falam como nos livros.

– Quanto anos tem?

– Doze.

– Você está vestindo anáguas?

– Não.

– Então levante o vestido e me mostre as pernas.

Eu não era mais tão pequena para não sentir o perigo: chamei minha mãe, que gritou debaixo das escadas para que não fizesse tanto barulho, pois não estávamos em casa. O homem não se abalou e disse à minha mãe, quando ela retornou:

– Madame, você tem belos filhos e essa menina, em alguns anos, será belíssima.

– Sim, meus filhos são muito bonitos – ela disse com orgulho – Viemos do campo e nosso apartamento ainda não está pronto. Por isso estamos aqui.

O homem se meteu em seu catre. Se ele tivesse saído eu contaria à minha mãe o que aconteceu, mas agora, não ousava fazê-lo.

Pusemos as crianças para dormir e um pescador chegou para o último leito. Ele nos olhou aturdido e depois resmungou:

– Será divertido, com essa garotada!

Felizmente, um biombo nos isolava um pouco. Deitei-me. Nunca havia me deitado em um leito como esse, em que eu afundava! Levava fronhas e lençóis apropriados, com quadriculados vermelhos e brancos e, ao meio, um vão delicado sobre o qual eu rolava. O colchão era de fibra verdadeira, pelo menos, e não de bolas de aveia pulverizadas, como em casa. Todas as crianças estavam agradavelmente surpresas, tanto que a um ponto se puseram a rir e gorjear, como num aviário. O pescador xingou e minha mãe nos fez calar, gesticulando com as duas mãos sobre a boca. Depois entraram meu pai e minha irmã mais velha, olhando para os leitos e exprimindo suas satisfações em estarem bem acolhidos.

– Vamos, camarada, deite-se. Devagar. Você tem belos filhos.

– Sim, tenho belos filhos. Quer cuidar deles? É uma calamidade, mas o que se há de fazer? É certo recebê-los quando eles chegam.

– Ah! Que candor! Vamos, camarada, deite-se.

E adormecemos todos.

No dia seguinte, ao despertarmos, os homens já haviam partido.

Minha mãe nos conduziu a um quarto que havia alugado na véspera. Deixou seu pequeno no chão e me pediu para que cuidasse de todos, partindo para buscar nossos móveis. Fizemos tamanha algazarra em seu retorno que todos os locatários se revoltaram porque uma família com tantas crianças havia sido aceita no imóvel.

O fato é que minha mãe, como sempre, mentira sobre o número de crianças.

Meu vestido de primeira comunhão

A fome era nossa eterna lengalenga. Como faríamos para arranjar comida? Qual seria o expediente da vez? Crédito algum em qualquer lugar e nada para encher o estômago.

– A menos que – disse minha mãe – penhoremos seu vestido de comunhão por alguns dias.

– Meu vestido de primeira comunhão?! Mas...

– Mas... não podemos continuar sem comer.

Minha mãe sempre dissera que eu estaria vestida de azul na minha primeira comunhão e eis que havíamos comprado esse vestido cinza perolado, guarnecido de gomos, com um material pobre, rígido e áspero. Busquei-o no armário; estava muito sujo, sobretudo nas ancas, pois era onde minhas mãos raspavam, descolorindo o tecido. Dobrei-o respeitosamente e com delicadeza para não o amassar. Carregando-o com os braços estendidos, caminhei, comovida e tremendo, até a loja de penhores mais próxima.

"Ao menos vou pedir um preço alto por ele", dizia a mim mesma. Meu vestido de comunhão tinha, para mim, um valor totalmente diferente que os três florins e meio que havia nos custado. "Exigirei quatro florins; não é muito".

Era sábado à tarde e havia muitas pessoas na loja: algumas vinham resgatar suas roupas de domingo e outras penhorar os objetos mais disparatados, a fim de ter um pouco de dinheiro no dia seguinte. Os judeus penhoravam novamente os trapos do Sabá, recuperados na véspera para poder tocar o comércio semanal, e protestavam quando o penhor queria reduzir o preço, sob pretexto de que as roupas tinham sido usadas um dia inteiro.

Chegou minha vez.

– Quanto?

– Quatro florins.

O empregado desfez o pacote, examinou o vestido diante dele, com os braços estendidos e respondeu tranquilamente.

– Dezoito *sous*[25].

Eu me mantive em silêncio por um momento e depois murmurei:

– Está bem.

Eu quase chorei ao vê-lo amassando meu vestido de primeira comunhão em um pequeno bolo.

Ao sair, encontrei uma mulher num corredor levando um imenso par de botas glamourosas que me pediu para que eu as penhorasse para ela, não ousando passar tamanha vergonha.

– Certo, posso fazer isso pela senhora. Quanto devo pedir?

– Vinte e quatro *sous*.

Voltei ao guichê. Inspecionando bem as botas, o empregado me respondeu.

– Dezoito *sous*.

– Está bem – a senhora cochichou de longe.

– Está bem – eu repeti ao empregado.

A mulher me deu dois centavos pelo trabalho.

Fui até uma botica onde, com os dezoito *sous*, comprei pão, margarina e café moído. Depois, com meus dois centavos, comprei uma imagem da Bela Adormecida, duas pêras e dois bombons.

E voltei para casa feliz.

---

[25] O *sou* é uma unidade monetária francesa que teve valor variado ao longo dos séculos. No período retratado nesta novela, o *sou* era equivalente a 5 centavos de Franco (N. d. E.).

Dias de festa

Lembro-me especialmente dos transes da fome nos dias de festa. Meu pai, que começara a beber, se embriagava com as primeiras gorjetas diárias e, pelo restante do dia, ficava incapaz de conduzir seu táxi. Eram essas bebedeiras que nos faziam vegetar e, nestes dias, a miséria dobrava.

Minha mãe, no entanto, fazia o melhor que podia para uma festa que se avizinhava e, com o filho menor nos braços, nos levou a um passeio para sentir o perfume das refeições que eram preparadas.

À soleira das portas, as mulheres da cidade esperavam a família e os convidados. Minha mãe parava para conversar nos pontos em que se podia sentir bem o cheiro de café e torradas amanteigadas, na esperança de um convite ou, pelo menos, a oferta de uma xícara de café ou qualquer outra coisa; mas não, jamais nos convidaram.

Depois disso voltávamos para casa. Os maiores reviravam os armários na esperança de encontrar uma crosta de pão perdida; os menores choravam e clamavam por comida; minha mãe, pálida, as mãos sobre os joelhos, nada dizia; meu pai roncava, empesteando a atmosfera com seu hálito bêbado.

Minha mãe então saía precipitadamente e voltava pouco depois com pão mal cozido, margarina e café em pó. Ela acabara de pedir empréstimo a um dos muitos pequenos comerciantes cujos fundos valiam meros dez florins e a quem, portanto, havíamos conduzido à falência.

Vivemos de caridade

O ano era 1870. Meu pai havia sido convencido por um desertor alemão de que a Alemanha carecia de mão-de-obra, estando todos os seus homens na guerra[26] ou mortos. Quando se tratava de viajar, meu pai perdia todo discernimento. Ele nos anunciou, pois, que partiria à Alemanha, onde certamente acharia trabalho bem remunerado rapidamente, fazendo-nos encontrá-lo posteriormente. Se envolveu, assim, com um circo alemão para garantir a viagem sem despesas. Levando suas roupas numa bolsa, com lágrimas nos olhos, nos deixou.

Estávamos todos mais mortos do que vivos com essa fuga injustificada, pois meu pai tinha trabalho e, mal ele havia partido, teve seu lugar ocupado pelo desertor alemão. Meu pai nos abandonou em pleno inverno, deixando minha mãe com nove filhos sem recurso algum.

Minha mãe foi em busca do padre, o que logo despertou o interesse de muitas mulheres sobre nossa situação, imediatamente concordando em me colocar, até a maioridade, em uma instituição de caridade. Nosso espanto foi grande. Minha mãe foi até o estabelecimento para que os arranjos fossem feitos e, tendo visto as crianças que se encontravam ali sob tutela, nos disse que elas tinham um ar bastante enfadado, se curvando profundamente ao superior, e isso e aquilo... Em resumo, a mera ideia de sua pequena Keetje tão chateada lhe doía o peito, de modo que quando era esperado que assinasse o ato pelo qual renunciaria minha guarda, se recusou. Droga! Ela preferia que eu passasse fome com ela: em suma, nós havíamos passado por muito mais!

[26] Referência à Guerra Franco-Prussiana (1870-1871) (N. d. E.).

Foi um grande alívio para todos que estivéssemos determinados a morrer de fome juntos.

Nesta época, conhecemos todos os estabelecimentos de caridade de Amsterdã. Um deles nos deu três pães pretos por semana; o outro um florim em moedas a cada quinze dias, do qual, uma vez, cinco centavos eram em moedas falsas, mas enfim! Sem essa caridade em migalhas, teríamos morrido de fome e frio. Não é que ela não tenha contado pouco com a magreza causada pela fome. Quando nos davam uma camisa para uma das crianças, esta era tão justa que parecia uma segunda pele: era possível contar suas costelas e, apesar do frio, elas sufocavam. Ou então, se não houvesse tamancos do tamanho certo, davam-nos os menores.

Nós também recebemos cartas para briquetes de turfa: Hein e eu os íamos buscar do outro lado de Amsterdã em um trenó puxado por mim, ao qual se prendia e no qual fazíamos nosso caminho através da neve que chegava em nossas panturrilhas. Nos deram vales de sopa de ervilha, alguns dos quais vendemos para comprar sabão e sal de soda para que pudéssemos lavar roupa.

Às sete horas da manhã, fomos até os grandes canais para fazer fila à porta das grandes casas. Os serventes manifestavam todo seu desgosto porque estávamos sujos, dizendo que havia água suficiente nos canais para que nos lavássemos, se quiséssemos; isso enquanto nos distribuíam vales para ervilhas, feijões e cevada.

Estávamos envolvidos em uma caridade muito metódica, que nos classificou para sempre entre os vagabundos e os *párias*.

Meu pai não havia dado sinal de vida durante os seis meses de sua escapada. Em um domingo de manhã, abriu a porta e entrou, com a bolsa às costas. Hein se jogou em sua direção com um grande grito de alegria:

– Oh! Papai!

A postura da minha mãe dizia: "Vieste nos tirar o pão da boca".

Logo se soube que meu pai havia voltado e deixamos de receber qualquer caridade. Minha mãe tinha um marido jovem e vigoroso, não? Muito capaz de trabalhar para as nove crianças que ele tinha trazido ao mundo.

Ah! Você tem *kwartjes!*[27]

Estávamos muito acostumados com a fome, e minha mãe havia mesmo aprendido a manejá-la de forma bastante perigosa.

Uma noite estávamos sentados ao redor de uma fogueira de turfa (como havíamos recorrido à caridade, nos deram turfa). Aquele dia inteiro não tínhamos outro alimento além de um pequeno pão de dez centavos que minha mãe havia dividido em nove pedaços. Ela levava o bebê ao seio e nós falávamos sobre o que compraríamos para comer se tivéssemos um florim.

Batidas à nossa porta; eu corro para abrir; um cavalheiro parado à entrada.

– Fique aí, senhorita – ele diz gentilmente à minha mãe – você tem todos os filhos sentados ao redor do fogo? Eis aqui...

Ele me dá uma moeda e parte.

Eu quis logo ir buscar tudo aquilo sobre o que havíamos falado: pão, café, arenques fumados, quando minha mãe me disse:

– Dê-me o florim.

Eu o dei e ela me passou três moedas de um *kwartje.* Olhei essas moedas, estupefata, e, elevando meu olhar em direção a ela:

– Ah! – eu disse – você tinha *kwartjes*?

Ela baixou os olhos, corando.

– Sim. Você sabe aquelas seis alnas de chita que recebi de Madame? Bem, me faltam quatro *alnas* para fazer um vestido. O preço é um *kwartje* a alna: em Nieuwendyk o preço é o mesmo. Poupei para comprá-las. Com esse florim irei buscá-las amanhã.

---

[27] "Kwartjes" (quartinhos), são as moedas de vinte e cinco centavos de florim holandês (*gulden*) (N. d. T.).

Eu permaneci ali, incrédula, repetindo:

– Ah! Você tinha *kwartjes*, *kwartjes*!

– Vamos, melequenta, vá buscar pão.

A usurária

Minha mãe me fazia sinais misteriosos. Eu pensava que ela queria, escondida dos outros, me dar uma torrada amanteigada. Como eu andava fraca, ela vinha me mimando um pouco. Mas eu vi seus olhos piscando, um sinal óbvio, nela, de emoção.

– Escute Keetje – ela cochichou – nós vamos até os Koks resgatar meu casaco, seu vestido de primeira comunhão e o sobretudo de seu pai.

– Você tem dinheiro, mãe? – eu perguntei de modo tão misterioso quanto ela.

– Sim, eu guardei.

Poupança em nossa casa significava dias sem pão. Mas o quê fazer? Não podíamos continuar a vida nus: estávamos já três-quartos despidos.

Todas as nossas roupas já haviam passado pela casa dos Koks, vendedores de quinquilharias, de modo que agora podíamos resgatar as roupas principais. Minha mãe levava alguns florins em moedas de um centavo e em dubbeltjes[28] envoltas em papel cinza. A mulher Koks tomou o dinheiro e nos disse para que fossemos a uma porta traseira para receber as vestimentas. Uma vez lá, entretanto, declarou-se que as roupas já nos haviam sido devolvidas da última vez que fomos resgatar outras peças, o que ela fez por bondade, adiantando seu retorno.

Minha mãe chorou, xingou, ameaçou; eu soluçava falando de meu vestido de primeira comunhão. Nada feito. A usurária nos expulsou, dizendo:

[28] Dez centavos de florim (N. d. T.).

– Vocês não podem provar que já me haviam pagado.

Fui-me deitar: a emoção havia dado lugar à febre. Por vários dias, minha mãe teve espasmos nas pálpebras e manchas vermelhas nas maçãs do rosto. Ela murmurava palavras de vingança e aferrava o ar como se tivesse diante de si a imagem da usurária.

Baâtje

Dirk brincava sobre o gelo do nosso canal. Ele teria dado seu jantar por um par de patins ou um pequeno trenó sobre o qual teríamos nos amontoado e permanecido até a noite. Não podendo ter nem um, nem outro, no entanto, ele se contentava com seu pião, que rodopiava maravilhosamente sobre o gelo, desenhando arabescos.

Os movimentos violentos sempre me deixaram fora de mim mesma e, no gelo, era necessário muito esforço para que não se congelasse: eu seguia, assim, as algazarras de meu irmão. Logo, ele se tornou azul de frio e, cansado por uma brincadeira que não aquecia, abandonou o pião para deslizar por aí.

Sobre a outra margem do canal, uma mulher se aproximava trazendo algo sob seu avental. Chegando à beirada, pegou um objeto que jogou em uma baía no gelo. Cinco vezes meteu a mão sob o avental e cinco vezes lançou algo. Dirk, que havia se aproximado, pegou o último em pleno voo, colocando-o embaixo da blusa de malha. Ele retornou ao nosso lado do canal e me mostrou um pequeno gato cinza, de barriga branca e algumas semanas de vida.

– Eu salvei este aqui – balbuciou ele. Vamos, rápido, esquentá-lo e lhe dar um pouco de leite.

Em casa, Dirk pegou a leiteira sobre o fogão e deu um pouco ao gato. Minha mãe reclamou:

– Escute! Não! Raramente temos leite para nós mesmos.

– Mãe, é para lhe tranquilizar da emoção de ter sido jogado de tão alto!

– Está bem, se é para acalmá-lo, mas eu não quero uma outra boca para alimentar.

– Eu lhe darei minha torrada. E o beco está cheios de restos, os canais cheio de ratos.

O pequeno gato bebeu o leite deliciosamente, mostrando uma linguinha rosa; depois se pôs sobre as quatro patas, se espreguiçou e, com as costas arqueadas e a cauda estendida, andou por sobre a mesa dando suaves cabeçadas no rosto de Dirk. Os olhos de meu irmão brilhavam de orgulho.

– Viu! Ele me reconhece. Sabe que eu o salvei: é meu gato!

Dirk me perguntou se seria um gato ou uma gata. Mas como a inspeção não nos revelou nada, julgamos, pela fisionomia, que se tratava de uma gata.

E Baâtje, como meu irmão a chamou, ficou em casa. Mas ela era de Dirk: dormia com ele e, enquanto era pequena, Dirk a levava em seu boné, alimentando-a com pequenos pedaços mordidos de suas torradas e de um pouco de leite, furtado pelas costas de minha mãe.

Ele também a levava por baixo da blusa, aos sábados à tarde, quando não tínhamos aula e Mina nos expulsava de casa para que ela pudesse limpar o recinto livre da pirralhada. Então, Dirk me acompanhava pelos grandes canais pelos quais eu amava flanar, escolhíamos uma casa em que imaginávamos "se fossemos ricos" e na qual brincávamos, subindo e descendo as escadas até que as domésticas nos enxotassem.

Em uma destas peregrinações, fomos atraídos por uma janela atrás da qual se sentava, sobre uma almofada de veludo azul, um enorme angorá vermelho. Ele seguia, com um olhar tranquilo, uma mosca gorda sobre o vidro, se levantando sobre as patas traseiras e agarrando o inseto com as patas dianteiras. Assim, em pé, o gato nos surpreendeu: seu ventre pardo claro brilhava ao sol; sua cauda, à direita do corpo, cuja ponta se contorcia, era grande como um bacalhau.

Dirk tirou Baâtje debaixo de sua blusa e a mostrou a seu congênere maravilhoso:

– Vê, Baâtje, é um gato. Mas ele é três vezes maior que você e todo diferente. Você teria devorado aquela mosca grande; ele simplesmente a matou. Ele guarda sua fome para as cabeças de arenques defumados que, com certeza, lhe dão. Sem isso ele teria bufado! Você e eu nunca esperamos para esconder aquilo que está diante de nós. A pele dele, Baâtje, a cauda e os olhos, como bolas de ouro, não se parecem com os seus. Ele é todo diferente, totalmente outro, vê?!

Neste momento, uma servente saiu da casa levando um prato de batatas frias que ela despejou contra uma árvore, para os cães. Quando ela voltou à casa, fomos até a árvore para deixar Baâtje perto desta refeição imprevista. Mas, como as batatas estavam boas, Dirk as meteu uma a uma em seu boné e, um pouco mais longe, sobre outra escada, nós três fizemos uma deliciosa refeição.

Perto da primavera, Baâtje estava charmosa de tão grande e gorda. Dirk atribuiu esse crescimento aos passeios sobre os canais (desde o episódio das batatas, estávamos atentos a estes ganhos inesperados).

– E você vê, os camundongos, eles correm entre as patas dela!

Uma noite, deitados na alcova, meus pais encontraram Baâtje comodamente instalada na palha com cinco filhotes. Dirk ficou mudo de surpresa. Meu pai queria se desfazer de toda a ninhada jogando-a no esgoto; Mina, que não gostava de nenhum animal, propôs jogá-los no canal. Diante dos lamentos de Dirk, minha mãe disse que ele podia mantê-los, enquanto piscava aos demais.

Dirk fez um ninho com suas roupas em um canto do chão e deitou-se por cima da gata e seus filhotes, mas no dia seguinte, sem que meus pais ouvissem qualquer coisa, ela se encontrava novamente em seu antigo lugar.

Quando voltamos da escola, Baâtje veio ao encontro de seu mestre e contou, com uma linguagem clara, que um grande desastre havia se passado:

– *Boûbeloûbeloûbeloûû!!! Leuêleuêleuê-leuêueu!! Mâwâwâwâââw!*

Depois ela saltou para a alcova e, junto a Dirk, pôs-se a remexer a palha, revirando-a: nada dos pequenos gatos!

Dirk saltou de volta, pálido, com os punhos levantados em direção à Mina, soluçando:

– Foi você, so-sodo-do-mita, so-so-sodo-do-mita!

Ela lhe desviou as mãos, rindo maliciosamente de seu rosto com o nariz quebrado.

No outono, Baâtje ficou prenha novamente. Dirk lhe acariciava o ventre branco, o que ela aceitava com um ronronar. Um dia, ele não a encontrou mais. Dirk e eu reviramos o beco todo, mas Baâtje havia desaparecido. O nariz empinado de Mina se contorcia, então Dirk parou de procurar.

– So-sodo-domita! Foi você, foi você! So-so-sodo-do-m-mita, foi você!!!

Por um longo tempo, Dirk soluçou dolorosamente.

Se fôssemos ricos

Nas noites de inverno em que não tínhamos nem fogo nem luz, de barriga vazia, nos deitávamos para nos esquentarmos melhor e imaginávamos o que faríamos se fôssemos ricos.

Uma noite, comovidos pela exaltação, meus pais quase brigaram.

Meu pai, antigo cavaleiro do exército, teria tido puros-sangues e me ensinado a montar: eu tinha o corpo ideal para isso, ele dizia, para ser amazona, pois uma mulher gorda nunca está bem sobre um cavalo.

Mina desejava um vestido de cetim verde, e botinas que chegassem até a panturrilha.

Quanto a mim, eu queria um armário de vidro repleto de bonecas vestidas com seda e adornadas de pérolas; depois, uma boneca grande, que seria a rainha das outras. Ela usava um vestido feito de asas de borboletas que eu costuraria em uma renda.

– Deus! – exclamou meu pai.

– Esta criatura infantil – disse minha mãe – está sempre nisso de bonecas! Eu teria gorros de tricô que invejariam o beco todo.

– Ah sim! Você faria o beco todo te invejar, como se nós fossemos ficar aqui, se fôssemos ricos!

– É verdade... E mais, as crianças aprenderiam francês, aprenderiam a tocar piano e a dançar, e eu pentearia seus cabelos à moda inglesa. Nós moraríamos no canal dos Imperadores, numa casa grande, com quartos azuis, vermelhos e verdes.

– Por que essas cores todas? – perguntou meu pai.

– Eu li que as "casas ricas" são assim; e que é possível ver através das janelas.

– Ah! E como seria o seu quarto?

– O meu? Vermelho, como eu sempre disse. Vermelho. Como eu sou morena... Eu também teria uma panela pronta perto da cama e comeria algo bom a toda hora: biscoitos e chocolate às oito horas, uma batata cozida às nove, uma torrada com enguia defumada e café às dez, pepinos e ovos às onze. Enfim, em todas as horas algo de bom.

– E como de hábito, você não jantaria, mesmo sendo rica. Sempre beliscando, é isso?! Bem, eu faria um bom assado de batatas com banha e toucinho, bem cozido e bem quente. Você continuaria a nunca nos dar uma refeição sólida. Você acha que as pessoas ricas comem todos esses absurdos! A carne que vemos nos açougues. É isso que eles comem! E parece que a comem crua.

– Carne crua! Não, isso me enoja! Jamais comeria.

– Ah, meu Deus – suspirou Hein – se nós tivéssemos pelo menos um pãozinho de três centavos! Eles são bem grandes no padeiro da esquina, vocês viram? Maior que em outros lugares. E quando comemos um desses já temos um bom pedaço no estômago.

Não dissemos mais nada. Meu pai assoou o nariz e depois respondeu:

– Sim, Heintje. Agora durma. Amanhã você terá um pãozinho de três centavos.

Depois, assoou o nariz mais uma vez.

Faço xixi na minha saia

Um dia, tive que ir ao *Bureau* de caridade para buscar um florim, que nos deram em um rolo de moedas de um centavo, repleto de moedas estrangeiras acerca das quais, nós sabíamos, não podíamos usar para nada. Mais de uma vez fui jogada para fora das lojas nas quais tentava passar adiante tais moedas.

Nevava e geava de cortar. Me demorei no canal dos Príncipes onde, no meio do caminho, encontrei dois meninos e uma menina da minha idade que haviam igualmente ido ao *Bureau* de caridade.

Nos pusemos a correr, atirando bolas de neve uns contra os outros, tocando a campainha das portas e correndo. Eis que fui tomada de uma pequena necessidade, urgente e impossível de lidar, por conta da presença dos meninos.

Chegamos a Westerkerke, ao redor de onde brincamos de esconde-esconde, nos cobrindo de neve. Queria me esconder embaixo de uma charrete ou em algum outro canto, mas os outros corriam atrás de mim.

Estava suplicando: me tranquilizei e parei de brincar; disse a meus camaradas que o frio me cortava.

Ao retornar, diante dessa mesma igreja, o acidente aconteceu. A urina escorreu quente até dentro dos meus tamancos e, no mesmo instante, do quadril às pontas dos pés, minhas roupas gelaram sobre meu corpo: fui queimada e lavada até o sangue. Me pus a chorar; a neve caía dura, colando a meus tamancos numa massa compacta e pontuda, que me fazia mancar, dolorosamente. Chegando em casa mal tive tempo de abrir a porta, e desabei.

Meu pai me despiu, limpando docilmente o sangue e repetindo:

– Minha pobre, pequena *Poeske* está toda machucada, minha pobre, pequena *Poeske*!

Ele me sentou numa cadeira diante do fogo e meu deu uma xícara de café repleta de borra. Eu não queria dizer nada, pois quando meu pai tinha boas intenções ele se ofendia se não a aceitávamos. Ademais, meu pai era tão belo, e sua bondade tão única que eu não o magoaria por nada no mundo. Então eu disse:

– Está bom, pai, o café quente, depois de ter passado tanto frio e tão mal.

– Não é mesmo, *Poeske*? Eu o guardei todo para você. Eu disse para mim mesmo: Keetje vai voltar com frio e o café quente será bom.

– Sim, pai, está muito bom. Muito bom!

E bebi corajosamente a borra lamacenta.

Os dois granadeiros

Minha mãe já havia queimado nossos brinquedos para atenuar um pouco do frio úmido que fazia em casa. Como havia dado à luz há apenas dez dias, tinha medo de se constipar.

Esperávamos meu pai, que trabalhava de cocheiro na casa de um empregador: talvez tivesse recebido um troco e poderíamos comprar turfa e café para nos esquentarmos. Já quanto a comer, teríamos de esperar. Era preciso antes de tudo resolver a rigidez dos membros.

Meu pai chegou, curvado, as mãos nos bolsos, tremendo sob seu blusão de algodão.

– Brrr... Aqui está ainda mais frio do que lá fora.

– Você não tem nada, Dirk, para procurar turfa e café?

– Não. Eu esperava conseguir um pouco de fogo: pensei que uma senhora viria te ver!

– Ela não veio por conta do tempo, sem dúvida.

– Se eu soubesse, teria dormido com os cavalos. Que frio! Que frio! Não me deixaram fazer uma única rota hoje. Eu tive que limpar os carros na rua o dia inteiro, nesta temperatura. Porcos! Sabem que quando não recebo gorjetas ficamos sem pão. Não posso alimentar uma casa de nove filhos com três florins por semana.

– Eu sinto um calafrio que me sobe ao longo das pernas – estremeceu minha mãe – e no meu estado...

– Em nome de Deus! Em nome de Deus! Só nos falta você ficar mal. Deite-se. E vocês também, crianças: amanhã nós comeremos. Precisamos de fogo.

Ele se pôs a procurar no despejo qualquer coisa que pudesse queimar, mas não encontrou mais do que os tamancos das crianças. Jogou-os de lado e voltou a procurar. Nada. Pegou de volta os tamancos, empilhando-os no átrio, e acendeu-os. Depois foi deitar.

– Vou me alongar perto de você para te esquentar.

A lamparina se apagou por falta de óleo; os pequenos tamancos queimaram lentamente porque estavam molhados, mas a atmosfera esquentou e fomos invadidos por uma sensação melhor.

Não passava das seis horas da tarde: não era hora de pensar em dormir. Então, por conta do frio, meu pai contou a história de seu tio, Corneille Oldema, que lutou na Rússia com Napoleão. Ele havia lutado no *debacle* de Moscou, que abandonou assim que conseguiu encher sua mochila de candelabros, cibórios e outros objetos de igreja. Ao voltar à Frísia, a venda dos objetos para um judeu lhe permitiu adquirir uma fazenda e quatro belas vacas. Nosso tio havia dito: "Não é preciso crer que eu tenha roubado essas coisas, todo mundo pilhava, os oficiais tanto quanto os outros. Assim é a guerra. Mas poucos voltaram para casa com seus butins, como eu. Quase todos foram mortos de frio no caminho, ou então pelo inimigo, ou assassinados por seus companheiros, para serem, eles mesmos, pilhados. Eu, como frísio, suportava bem o frio, mas estes pequenos homens de pele escura, que falavam uma língua incompreensível, morriam como insetos. O frio os invadia e cortava suas risadas ao meio, pois gargalhavam: falavam e riam das situações mais abomináveis, e iam ao ataque como que por prazer, verdadeiros demônios que eram. A alimentação lhes preocupava pouco: pão e cebola, e eis um bom jantar. Mas o frio os tornava pequenas crianças. Eles começavam arrastando as patas, depois esfregavam os olhos, como se tivessem vertigem, depois, lentamente, desabavam e dormiam. Era isso: nunca despertavam.

Um deles fazia ronda comigo. Ele lutava contra a dormência: falava, falava, e eu, naturalmente, não entendia nada. Um pouco depois, sibilava e, ao fim, não podendo mais se arrastar, se aproximou de mim, soluçando feito criança e, assim como os outros, colapsou devagar. Eu roubei dois címbalos de ouro de sua mochila.

Se eu não tivesse mendigado pelo caminho, o dedão do pé todo para fora dos sapatos, é provável que eu jamais tivesse voltado; mas me viram como um pobre diabo sem nada".

Minha mãe, que se esquentava, contou, por sua vez, sobre a campanha de seu tio Hannis na Espanha. Tio Hannis era um pequeno *liégeois*, muito crente. Como muitos outros, foi obrigado a partir para lutar por seu país. Era uma terra muito longínqua e, à medida em que marchavam, a terra se tornava tão seca e as pessoas tão escuras que ele dizia que certamente o conduziam ao fim do mundo: e tinha razão, ele viu o fim do mundo, minha mãe confirmou. Atiravam neles de trás dos arbustos; os tiros partiam das casas, dos tetos, das árvores, mas não se via ninguém. Então, detrás de uma planície de areia amarela ardente, eles chegaram ao fim do mundo, ali onde o céu encontra a terra numa água azul, azul como jamais se viu. Os camaradas se banharam sob o céu, mas ele se ajoelhou: por respeito, havia somente molhado as mãos e, com seus dedos molhados, feito o sinal da cruz.

Quanto àquilo que dizia respeito ao espólio, havia dito que era um país de mortos de fome, em que as mulheres, negras como feiticeiras, cantavam e dançavam muito, remexendo as ancas e fazendo estalar pequenos pedaços de madeira entre os dedos. Quanto a beber e comer como em nosso país, lá nem mesmo os ricos sabiam o que isso significava.

– Nós tampouco sabemos – concluiu meu irmão Hein.

Os sinos soaram dez horas na casa dos vizinhos: os pequenos tamancos foram consumidos pelo fogo e o frio retornava intenso. Exceto pelos menores, nenhum de nós conseguiu adormecer. E a noite ainda seria longa!

A aldeia vermelha

Bêbado, meu pai havia vendido por alguns *dubbeltjes* um velho arreio de cavalo fora de uso, em conjunto com um cavalariço que, para se desculpar, apressou-se em denunciar meu pai ao patrão que, por sua vez, fez com que fosse preso. A consternação e o pânico foram intensos em casa. Queríamos todos saber onde meu pai havia sido detido e para onde lhe haviam conduzido, mas nem por um instante imaginamos que fosse a prisão.

Minha mãe e eu, então, deixamos a casa e todas as crianças para correr até a delegacia de polícia de Amsterdã. Foi uma caminhada deplorável. Na última delegacia, à qual chegamos extenuadas, os agentes estavam sentados ao redor do aquecedor; minha mãe, em sua comoção, usou o termo "agente secreto", o que a fez ser desprezada por um dos dois. Um outro a acalmou me dizendo:

– Veja, nós o chamamos assim...

Depois nos informou que nosso pai havia sido conduzido à "Aldeia Vermelha": é assim que se designa a prisão em Amsterdã.

Voltamos para casa soluçando. Quando Mina voltou do trabalho, novos soluços. Passamos toda a noite nos lamentando.

O dia seguinte era um domingo; uma noite de insônia e reflexão havia me deixado super exaltada e tive um acesso violento contra meu pai:

– É ainda por causa da bebida que ele nos proporciona essa vergonha. Não ousaremos mais sair de casa. Eu pulo no canal a primeira vez que alguém me olhar atravessado. Ao menos se ele tivesse roubado para nos alimentar! Não, foi pela *genièvre*. Não choro mais: foi bem feito.

– Cale-se, Keetje. Dirk tremeu de medo a noite toda. Ele não precisa escutar você dizer isso ou então vai lutar até a morte caso alguém o insulte por conta disso: não o acorde.

– Não estou dormindo – berrou Dirk. E se pôs a chorar.

Mina achava que precisávamos nos dar conta de que, no fim, não fomos nós os infratores.

Nós nos digladiamos a manhã toda. À tarde, um pós o outro, nos arriscamos a sair. O dia estava muito bonito. Deixei o beco com precaução e caminhei ao longo das casas, acelerando o passo. Ao fim do canal, encontrei minha melhor amiga, igualmente só. De início queria me esconder, mas seu irmão também estava na "Aldeia Vermelha": ele era marinheiro e vendeu seu uniforme quando seu pai recusou-lhe dinheiro. Como se houvesse uma força que nos atraísse, caminhamos uma em direção à outra.

– Rika – eu disse – vamos caminhar pelo *Schansen*.

Os *Schansen* eram os bulevares exteriores que levavam à prisão. Chegamos a eles por acaso e caminhamos ao redor da "Aldeia Vermelha", inspecionando todas as janelas, parando a cada instante e falando alto com a esperança de sermos ouvidas pelos nossos. Mas não, ninguém respondia! Nossos olhares então se encontraram e caímos uma nos braços da outra, chorando. Chamamos loucamente por nossos prisioneiros e nossos gritos de "Pai! Pai", "Fritz! Fritz!" se misturaram aos nossos soluços.

Arranjávamos desculpas dizendo que meu pai estava bêbado e não sabia o que fazia, e que seu irmão era muito jovem!

Depois de algum tempo, soltaram meu pai. Seu furto de bêbado foi considerado demasiado insignificante para justificar qualquer processo. Mas o mal havia sido feito, e ele não encontrou mais trabalho algum entre os empregadores da cidade.

Vendedora de rua

Os dias seguintes à detenção de meu pai instalaram uma miséria atroz em nossa casa. Os três florins que lhe pagavam por semana serviam ao pagamento do aluguel e a algumas dívidas agudas. De resto, vivíamos dia após dia das gorjetas que ele recebia. E agora, tudo fora subitamente suprimido.

Deliberamos com uma velha vizinha sobre o que faríamos. Ela e quase todos outros moradores do nosso beco eram mascates que vendiam cerâmica de barro. Ela meteu três caçarolas de barro sob meu avental, me explicou quanto cada um custava, quanto deveriam render e quanto eu ganharia ao vendê-las.

Em casa, toda emoção se traduziu em tremor. E eu parti, assim, tremendo. Tomei o quarteirão judaico onde, de porta em porta, oferecia timidamente minhas caçarolas. Foram recusadas em toda parte, até que uma mulher judia comprou as três panelas todas de uma vez. Ah! Fui tomada de um golpe frio, de uma febre. Corri até em casa para buscar outras três caçarolas que também consegui vender. Que alegria! À noite eu juntara, inesperadamente, meio florim. Imediatamente escrevi a meu pai para que não se preocupasse conosco; que eu fazia a vida de todos com o que vendia; que eu não tinha mais solas nos sapatos, mas que havia calçado tamancos; que ele devia somente cuidar de sua inocência.

Eis-me então vendedora de rua! Em poucos dias, com um pouco de crédito, consegui um carrinho-de-mão repleto de cerâmicas que apresentava de porta em porta: *Koop! Potten en pannen! Koop!*[29].

---

[29] "Comprem! Panelas e caçarolas! Comprem!" (N. d. T.)

Como se aproximava o *Pessach*[30], eu fui até a *Joden Breestraat* me apresentar aos outros ambulantes, com quem os judeus renovavam suas louças de Páscoa. Como todos os outros vendedores, me tornei ardilosa. Quando podia vender uma caçarola danificada a um cliente, não perdia a oportunidade. Os cristãos reclamavam, e eu sempre tinha que me desculpar, mas os judeus não diziam nada. Um dia uma judia me requisitou uma panela; eu lhe apresentei uma das peças e, no momento de pagar, ela se voltou e percebeu uma falha: não me disse nada e simplesmente pegou outra. Depois disso, a uma segunda mulher, a quem tentei repassar a mesma peça, ela simplesmente advertiu:

– Não pegue esta, está danificada.

Nem uma nem outra reclamaram do fato que, por duas vezes, tentei enganá-las. O ponto em que todos se incomodaram e se revoltaram contra mim, e no qual não tive tempo de ir embora com o carrinho-de-mão, foi quando encontraram uma torrada com manteiga em uma das caçarolas, que deviam ser *kasher* para o *Pessach*.

Depois dos feriados, me dividi pela cidade com minhas cerâmicas. Vaguei pelos grandes canais de Amsterdã, que sempre me atraíam por seus hotéis severos com suas escadas majestosas, suas barreiras de árvores velhas com frontes opulentas, pela água de um verde enegrecido ou, por vezes, um barco a vela que deslizava silencioso na grande calmaria que me descansava do ruído e da pobreza de casa, onde as crianças sempre choravam de doença e de fome. Ali tudo era quieto e requintado; eu podia me isolar, me contar histórias, ou ler os *Mystères de Paris*[31].

Eu era *Fleur-de-Marie*[32], e quando Rodolfo me reconhecia como sua filha, bastava que eu trocasse meu vestido para me

---

[30] Na religião judaica, o Pessach, "Festa da Libertação", celebra o episódio bíblico da libertação dos hebreus da escravidão no Egito, liderados por Moisés. (N. d. E.).

[31] *Les Mystères de Paris* é um dos primeiros romances franceses serializados, escrito por Eugène Sue e apresentado pela primeira vez no *Journal des Débats*, entre junho de 1842 e outubro de 1843 (N. d. E.).

[32] Personagem de *Mystères de Paris* (N. d. E.).

tornar uma princesa com porte, mãos brancas e boa linguagem. Não era eu quem irritaria meu principesco pai para voltar ao beco, como *Fleur-de-Marie,* para voltar à cidade. Não, eu suplicaria para que ele retirasse minha família de lá. Ser princesa sem Klaasje e Keesje me tirava qualquer prazer. Mamãe e Mina também retornariam, nos dias em que usassem vestidos novos.

Meu Deus! A senhorita Segers se irritará com isso! Se esconderá ao vê-las chegar. E a proprietária, que não tem pena alguma de nós agora que nosso pai está preso, também ficará bastante confusa quando partirmos pagando tudo o que devemos, deixando tudo em seu lugar no quarto. Nós lhe diremos: "Não levaremos esses trapos, dê-os aos pobres. Nós somos príncipes". Meus sonhos, entretanto, não me faziam esquecer a realidade. Eu não vendia nada nos grandes canais: os ricos compravam em lojas, os patetas me batiam a porta na cara, me insultando. Retornava, então, às ruas populares, onde as vendas caminhavam: *Koop! Potten en pannen, Koop!*

Ao meio-dia eu jantei, por cinco centavos, no *Lokaal.* Todos os mascates, realejos, amoladores, enfim, todos os profissionais da rua, todos os aleijados, epiléticos e cegos iam ali para comer. Os homens recebiam um prato de favas com um pedaço de banha ao meio, no lugar da carne. As mulheres comiam cevada com xarope doce. As crianças, como eu, escolhiam arroz polvilhado de açúcar mascavo servido bem quente, como era apropriado. Também recebíamos pão e café pelo mesmo preço: tudo, até o banheiro, custava cinco centavos. Deixava-se do lado de fora os realejos, os carrinhos e os pacotes repletos de mercadorias e nada nunca era roubado.

Foi lá que encontrei meus vizinhos, também vendedores de cerâmica. Um deles, Willem, era um menino da minha idade; quando vendíamos juntos, me ajudava a subir as numerosas pontes de Amsterdã com o meu carrinho, o que era muito difícil para mim. Ele me disse um dia que preferia a mim entre todo mundo, e me perguntou se eu também o amava um pouco. Com a cabeça baixa e tremendo lhe respondi que sim. Willem passou a me ajudar constantemente a atravessar as pontes e quando as vendas iam bem, ele comprava algumas guloseimas, das quais me dava a maior parte.

Uma manhã, Willem se encontrava entre diversos ambulantes do beco, agrupados no canal de Lys; eram garotos grandes, quase homens. Eu cheguei à margem oposta e precisava atravessar uma ponte íngreme para encontrá-los. Willem veio ao meu auxílio, mas os outros, rindo-se de meus esforços, mandaram que não me ajudasse. Ele estava já no meio do caminho quando, envergonhado das piadas dos outros, deu meia-volta. A tarefa era excessiva para minhas forças e, como havia feito a curva muito fechada, se recuasse, eu cairia no canal junto com o carrinho. Endureci e atravessei a ponte, mas, ao invés de ir ao encontro deles, continuei à direita por outro canal e nunca mais busquei a ajuda, ou as guloseimas, de Willem. Achei aquilo covarde e sem justificativa. Estava acabado. Mas Willem era tão infantil que sua dor mal se manifestou; era simplório demais até mesmo para compreender o que havia feito: era um cachorro, com uma bela risada exuberante.

Como não havia conseguido mais do que um ganho irrisório para as dez bocas precisando de comida, ao fim do *Pessach,* comemos todos os ganhos e, rapidamente, tudo havia acabado.

Uma lição de vida prática

Durante sua última gravidez, minha mãe sofrera com muitas privações, e os traumas de duas expulsões em um mesmo inverno a tornaram gravemente depressiva, de modo que, pela primeira vez, deu à luz a uma criança fraca.

Era uma menininha loira, com o rosto de um anjo, sempre um pouco inclinado para o lado. Nós a perdemos em seu segundo ano.

– Minha filha! Minha filha! Morreu de miséria.

Minha mãe nos lembrava constantemente dos gestos de seu bebê, que ainda não sabia falar.

– Você se lembra, Keetje, quando ela se sentava em meu colo à mesa e, vendo o pão, me fazia abrir a gaveta? E como ela apontava, triunfante, a faca do pão, mostrando que sabia escolhê-la entre todas as facas?! E quando, para niná-la, lhe dava o seio ao invés de uma tartine, você se lembra de seu sorriso, pois lhe lembrava o gosto da mostarda que eu havia servido?

E mamãe chorava, sorrindo.

Depois ela buscava numa pequena caixa uma mecha de cabelos loiros, em que se agarravam ainda lêndeas, metendo-a sobre a lucarna[33] de nossa mansarda, para poder distinguir a cor dourada, abraçando-a enquanto soluçava.

Ao fim, minha mãe adoeceu e tive que me ocupar, mais do que nunca, dos filhos vivos.

O médico dos pobres a visitava. Nos olhava, dizendo:

---

[33] Estrutura para iluminar e arejar um sótão, projetada externamente de um telhado vertical, comum nesta região europeia (N. d. E).

– Que bela amostra de filhos! Mas estão todos doentes: a febre lhes corrói. Quanto a você, pequena, é preciso se cuidar seriamente. Vou prescrever quinino e permito que dê um pouco a seus filhos. E você... o que fazer? Falta ovo, carne, vinho.

Ao ouvir a palavra "vinho", levantamos todos o rosto, estupefatos.

Vinho aos pobres!

Este senhor parecia estar falando besteiras, já que para nós, a ideia do vinho se confundia com a ideia de gente rica e patuscada.

Se dando conta de nosso assombro, o médico olhou em volta, deu de ombros e partiu.

Nós dispendíamos certo respeito a nossa mãe, que padecia de uma doença que uma bebida distinta como o vinho deveria curar. A carne e os ovos nos surpreendiam menos. Víamos, ao nosso redor, pessoas que os consumiam aos domingos, mas o vinho?! Jamais! Isto nos perturbava. Minha iniciativa foi a de ir até os vizinhos, ardendo em febre, para contar a história.

Meus pais sempre esperavam que os filhos dormissem para que pudessem conversar. Como eu padecia de insônia, frequentemente escutava suas reflexões e propostas, de modo que aprendia sobre seus projetos e partilhava de suas inquietações.

Nesta noite, quando a primeira luz se apagou e meu pai acreditava que estávamos adormecidos, ouvi-o chamar minha irmã de maneira dócil:

– Mina!

– Sim, pai – ela respondeu.

– Keetje está dormindo? Essa menina passa as noites se revirando.

Minha mãe me chacoalhou e, como eu não respondi, ela disse:

– Sim.

– Escute, no seu serviço, por acaso, te enviam para buscar vinho frequentemente?

– Sim. A velha não pode descer as escadas da cave e o filho não quer, então vou eu.

– Ah, bem! Você devia pegar algumas garrafas para você.

– Não, Dirk! Não! Não diga isso – protestou minha mãe.

– Tudo bem, deixe estar!

– Eu não ouso fazer tal coisa. O filho da senhora desce à cave de tempos em tempos e perceberia que faltam garrafas. Ele junta duas garrafas sobre uma pilha organizada de seis. Se levo alguma ele pode perceber.

– Você pode levar a fileira inteira ao invés de duas garrafas só, e recolocar as duas sobre a pilha, assim ele não perceberia.

– E como eu faço para sair com seis garrafas?

– Você as põe embaixo da provisão de carvão e, a cada manhã, você coloca duas na lata de lixo quando levá-lo à porta. Eu me encarrego do resto.

– Sim... assim talvez dê certo – disse, após um momento de reflexão.

– Você terá também que me conseguir uma das calças do velho, já que ele está paralítico e elas já não servem.

– Uma calça?! Como farei isso? Todo dia a velha me confia duas tartines bem na hora de partir.

– Um embrulho não daria certo, é claro. Você deve vesti-la e subir as barras até os joelhos. Prenda-as com um alfinete e pronto! Ninguém perceberá.

– Ah não! O velho tem um problema de pele e se coça continuamente até sangrar. Eu não vou usar qualquer coisa que tenha tocado seu corpo.

Eu podia senti-la, ao meu lado, se revirando de nojo. Me chutou e me cutucou, revoltada, de tal modo que, se eu já não estivesse acordada, poderia me despertar dez vezes.

Meu pai se impôs, persuasivo, sem se alterar.

– Veja, nós somos saudáveis: eu nunca peguei nada. O contágio é uma piada. Eu não tenho mais fundilhos. Um dia desses não poderei nem sair.

No dia seguinte, meu pai chegou com duas garrafas de vinho, uma das quais desarrolhou imediatamente. Era um vinho cor de suco de repolho roxo... Ele sorveu meia taça à minha mãe, que tomou contraindo a boca, como se tivesse mordido uma baga selvagem. Depois, com uma colher, ele fez com que cada um de nós experimentasse. Ele mesmo bebeu direto da garrafa, virando três quartos:

– Não tem gosto. Prefiro um *bitterje*[34] – ele disse, estalando a língua.

Minha mãe empalideceu, nauseada, e tivemos que cuidar dela a noite toda.

Jamais nos habituamos com o vinho.

Ao chegar em casa de noite, Mina sinalizou ao meu pai, que a seguiu ao pequeno corredor que precedia nosso quarto. Quando voltaram, ela correu para esfregar as pernas com um esfregão, repetindo:

– Uh! Uh!.. Minha pele queima! Minha pele queima!

No dia seguinte, meu pai vestia uma boa calça, cujos botões minha mãe trocara piscando os olhos febrilmente, estremecendo a cada ruído.

[34] "Amarguinho": pequena dose de genièvre (N. d. T.).

Me demito

Ao chegar ao beco, ouvi a bela voz de meus semelhantes a cantar salmos em coro.

Um bem-estar me invadia. Apertei o passo e entrei em casa de uma vez. As vozes pararam de coaxar.

– Ora, é você?

– Sim.

– Você deixou o serviço?

– Sim.

– Bientje! – disse um dos meus irmãos pequenos, estendendo as mãozinhas na minha direção.

Tomei-o nos braços.

– Klaasje, Klaasje, eu voltei.

– Mas achei que você estava sendo bem servida no trabalho – disse meu pai. Quando nos alimentamos bem, aguentamos bastante. Nós cantamos para esquecer a fome e olhe, a lâmpada logo se apagará. Falta óleo.

– Eu sei de tudo isso e mesmo assim voltei. Nos primeiros dias, esfomeada, lambi todos os pratos. Estava insaciável. Mas não sou mendiga! Não quero ser alimentada com restos. Eu os vi colocarem batatas direto de seus pratos para os nossos. Nos davam tartines mordidas. Não espero ser tratada assim quando trabalho.

Eu compreendia que eles não nos deriam seus pães de especiarias ou suas salsichas de fígado, assim como outras *délicatesses* que comiam na nossa frente. Mas eu não queria que minhas tartines fossem arrastadas de seus pratos.

– Você se esqueceu da fome que passou aqui.

– Não, pai. Mas trabalhar não é receber caridade.

– Você é ingrata, pequena. Comeu o pão de seus senhores e não se contentou.

– Não! Comi o pão do meu trabalho e não o pão dos meus senhores. É como a empregada doméstica, que resmungava por ter de trabalhar para os outros. Eu disse a ela: "Você trabalha para os outros? Eu trabalho para ganhar minha vida. Você acha que eu estaria manejando baldes aqui, se não fosse paga, e não fosse pela usurária que nos explora? De modo algum!". Então eu trabalho para ganhar a vida, e quanto melhor trabalho, melhor deveria ser tratada. E eu trabalho o melhor que posso. Havia dito isto à patroa esta noite e, como ela nos deu batatas visivelmente manuseadas, fui embora sem comer.

– Ah, bem! Você pode ir dormir sem comer, e despertar sem café-da-manhã. É incrível querer vantagem quando temos o que comer.

– Meu Deus, pai! Não há como esvaziar o vaso desta velha ignóbil e ser reconhecida! Eu trabalho, ela me paga: estamos quites. Mas eu não quero ser paga com caridades.

– Isto é o que pensa essa nova geração! Nós não pensamos assim.

Dando-lhe as costas, fui sentar junto ao pequeno. O gato me saltou à nuca e repousou por ali; o bebê adormeceu. Ao fim de meia hora, estava inebriada por respirar o ar empesteado de nosso pardieiro, mas extasiada de alegria por me encontrar entre os meus.

Eu crescia, e começava a escapar completamente dos meus pais. Não possuía instrução, mas desde os sete anos, quando aprendera a ler, devorava avidamente qualquer coisa escrita que me caísse nas mãos. Em 1870, a caminho da escola, lia as notícias da guerra afixadas diante das lojas da primeira à última palavra. Os massacres me espantavam ao ponto de não conseguir me aplicar nas aulas. Eu havia acompanhado todo o caso

Troppmann[35] pelos jornais colados, frente e verso, nos muros de Amsterdã. E lia, também, folhetins inteiros.

Mas minha impressionabilidade havia sido acima de tudo amadurecida pela miséria, que nos obrigava a ser astutos para conseguir algum crédito, nos fazendo passar, também, por todos os problemas com o aluguel que não podíamos pagar, e a vergonha dos credores que vinham nos insultar e revoltar os vizinhos. As infâmias se incrustaram em minha memória, como aquela da comerciante que havia guardado o dinheiro à custa da miséria de nossas crianças, e não havia entregado as roupas que havíamos penhorado.

Tudo isto me dotou de uma personalidade estranha, na qual um grande candor natural se aliava a uma sensibilidade e compreensão além da minha idade. Eu estava pronta para todas as tarefas, mas era intratável diante do que me parecia uma injustiça. Era flexível e ao mesmo tempo pouco manejável, como a fuga daquela noite mostrava.

A chama da lâmpada continuava a baixar. Nos deitamos, meus pais na cama única e os nove filhos sobre a palha espalhada pelo chão.

Ao me deitar, senti uma ligeira vertigem que me acometia a cada vez que me deitava sobre o chão. Ajustei as pequenas nádegas de Klassje em minha saia e adormeci, encantada em sentir contra meu corpo este ser pequeno tão adorado.

---

[35] Jean-Baptiste Troppmann (1849 – 1870), foi um assassino serial francês, responsável pela morte de seis membros de uma mesma família em 1869. O "caso Troppmann", como ficou conhecido seu processo, foi extensivamente explorado pela mídia do Segundo Império, o que marcou um salto exponencial no desenvolvimento da imprensa francesa (N. d. E.).

Minha filha, *Monsieur* Cabanel

Mina tornara-se prostituta tanto por preguiça quanto por facilidade. Havia encontrado lugar em uma casa discreta, escondida e de ar respeitável, na qual, à noite, deslizavam cavalheiros do melhor dos mundos. As mulheres, também, só iam para lá pela noite. Chamavam a cafetina de "Mãe" e tinham como dever, após receber um cliente, lhes devolver seus chapéus e luvas, como se houvessem acabado de chegar.

Mina deixou de ganhar dinheiro quando esgotou seus clientes habituais, que jamais voltavam à mesma mulher. Todas as suas belas roupas foram para a caridade e, entre nós, a fome voltou como antes, pois meu pai, gasto pelas privações e pelo álcool, não trabalhava mais.

Um dia Mina me conduziu ao seu local de trabalho. Eu tinha quinze anos, era loira, com o frescor da juventude, uma verdadeira gracinha. Não tinha em mim muita carne, mas uma pele fina cobria uma moldura flexível e uma postura alta e estreita, dois mamilos como grandes botões por onde a seiva subia latejante e que eu, por instinto, protegi com as duas mãos.

A senhoria insinuara que meninas como eu tinham forte demanda. Oh! Nada como mostrar as pernas a velhos senhores respeitáveis. Nada, nada a temer! Fiquei indignada ao perceber em que minha irmã havia se tornado e aonde havia me levado. E a chamei de puta.

Naquela época, eu trabalhava para os negociadores de diamantes judeus que, durante uma longa crise da indústria, se tornaram comerciantes de roupas velhas. A casa era composta por uma dezena de pessoas: todas se amontoavam em um grande quarto e um casebre e, à noite, montavam catres sobre o piso. O dinheiro que faziam servia à alimentação, de preferência doces, e enfeites vistosos. Entre eles, eu era como uma criança da casa, dormindo junto a duas das filhas dos patrões. Todos me respondiam com muita simpatia, pois eu era doce e valorosa, de modo que uma grande cordialidade reinava entre nós. Até mesmo nossos piolhos simpatizavam. Os judeus tinham piolhos negros e eu, piolhos claros, mas ao fim de alguns dias havíamos trocado. Tínhamos todos piolhos escuros e claros, e mechas castanhas, mas ninguém se ofendia por essa livre troca, os matávamos com o polegar, no canto da mesa, e sentíamos um prazer feroz ao ouvi-los estalarem sob a unha.

Numa noite de sabá[36], minha mãe apareceu enquanto me trocava para começar a trabalhar. Perguntou à patroa judia se eu podia sair por algumas horas, dizendo que meu tio chegara da Alemanha e queria me ver antes de partir. Eu entendi a mentira automaticamente. No rés da escada, Mina me esperava, vestida à moda de seu trabalho, com os cabelos cortados curtos e passados a ferro como os de uma acrobata, o rosto cruamente pintado de branco e rouge. Me irritei, dizendo que não queria que viesse me fazer passar vergonha na casa de meus patrões. Ela respondeu dizendo que eu deveria me lisonjear em ter uma irmã tão bem arrumada vindo me visitar.

– Sim, mas teu ar de palhaço e voz de gralha diz muito sobre essa imagem que você faz. Vejamos o que tem a dizer, que piada é essa de um tio que deseja me ver?

– Escute – disse minha mãe – Mina não ganha mais nada. Suas roupas já estão todas remendadas. Estamos morrendo de fome. Há um senhor que quer ver suas pernas.

– Ah não! Não quero!

– Eu disse! Não há o que fazer com essa criatura infantil! Vamos! Os menores estão doentes de fome.

[36] O Sabá é o dia de descanso semanal no judaísmo, simbolizando o sétimo dia no Gênesis, em que Deus teria descansado, após os seis dias da Criação. É observado desde o pôr-do-sol da sexta-feira até o pôr-do-sol do sábado (N. d. E.).

Cobri-me com um véu grosso, para esconder meu rosto infantil, e fui embora com minha irmã. Eu trajava um vestido de algodão leve, todo sujo de me arrastar pelos degraus, brincando com as crianças naquele longo dia de sabá, e um chapéu velho, da minha patroa. Esse mesmo chapéu incomodou a senhoria, que temia que seu cliente pensasse que eu havia definhado.

– Mas que belo chapéu! – ela repetia – você o emprestou para vir aqui?

E insistia tanto, que o cliente, irritado, disse:

– Tudo bem! A menina está bem assim!

Era um homem entre cinquenta e sessenta anos, magro, de bons modos. E me tratou febrilmente, exclamando:

– Bela! Bela!

Meu pequeno corpo, jamais lavado, meus cachos cheios de piolhos, pareciam lhe impressionar mais do que se eu estivesse impregnada de perfume e envolta em rendas. Mas a grande atração para ele foi, certamente, a dor que eu senti.

Antes de partir, ele me deu alguns florins, repetindo "Bela!, Bela!".

Minha irmã me esperava. Quando lhe disse o que havia se passado, ela me respondeu:

– Eu sabia. Agora você não pode mais me chamar de puta.

Reencontramos minha mãe sobre a ponte do nosso canal. Suas bochechas estavam vermelhas e ela piscava ansiosamente. Passei-lhe os florins e ela me lançou um olhar desolado, que eu evitei.

Ao voltar à casa dos judeus, pus-me a lavar baixela do sabá.

Terceiro êxodo

Após muitos anos temerosamente repletos de dias de fome, precisamos deixar Amsterdã. Desta vez, fomos à Bélgica. A própria cidade pagou por nossa emigração. Embarcamos novamente, durante a noite. O estado mórbido de meus quinze anos me havia dado ao espírito percepção suficiente para compreender toda a extensão de nossa miséria. E eu amava Amsterdã. Empalideci e tremi quando passamos embaixo da ponte do alto-dique do Amstel e a cidade ficou para trás, como se tivesse sido tomada por uma febre.

Havia no barco um mundo de contrabandos. Um homem e uma mulher brigavam e foram forçados a desembarcar, em plena noite, no cais de um dique, de onde xingaram o capitão. Na cabine comunal, diversos passageiros jogavam cartas e dados: todos haviam bebido demais. O tabaco, o álcool e um odor insípido, indefinível, empesteavam a atmosfera. Um bêbado havia monopolizado um banco, se instalando nele de costas, divagando em voz alta, golpeando-se na cabeça com o próprio punho. Seu hálito alcoólico espalhava náusea. Nossas crianças dormiam nos cantos dos bancos. Mina se deixava apalpar por um dos condutores, enquanto minha mãe e eu nos agachávamos num canto do piso, agarradas uma à outra, demasiado amedrontadas para ousar dormir.

Chegamos em Roterdã pela manhã, onde agentes de polícia nos esperavam. Interpelaram minha mãe perguntando "se ela era essa mulher, mesmo". Eu fui tão humilhada que, atravessando a passarela, disse aos berros a um deles:

– Mas vocês acham que somos tratantes!

– Não, minha criança – ele respondeu – nós não os tratamos assim.

Ah, que alívio. Levaram-nos *amavelmente* até um barco que partia para Antuérpia.

Minha mãe trazia uma provisão de pães velhos que eram vendidos com desconto. Hein veio me dizer, todo contente, que amava viajar, porque ao menos comiam bem, e que havia comido quatro pãezinhos. Já eu, não havia comido nada. Minha garganta e estômago estavam fechados, e na nossa casa ninguém nunca perguntava se alguém queria comer. Comia quem pedia.

Nos diques do Hansweert, zelandeses desciam aos barcos para vender cerejas. Eu bem as teria comido, se tivesse quaisquer centavos para comprá-las. Jamais vira as roupas zelandesas, e fui seduzida pelo belo boné de renda, com largas abas e ornamentos presos a cada lado das têmporas. O rico colar de coral e o corpete de flores bordadas, especialmente, me chamavam a atenção. Quis ser uma camponesa zelandesa para poder me vestir daquele modo. Mesmo o amontoamento das saias, que as tornavam redondas como relógios, me agradou. Ao subir as escadas, a saia de uma das zelandesas foi levantada pelo vento e pude ver que ela não levava nada embaixo. Ah, a alegria que isso provocou! O riso das mulheres, dentre elas minha irmã, Mina, me enjoou. E, enquanto as ofereciam cerejas, eu disse entre os dentes: "vagabunda".

Meu pai nos esperava no dique de Antuérpia. Esta cidade, então muito morta, me desagradou. O flamengo que era falado ao meu redor parecia o mais grosseiro que havia ouvido na vida. Uma senhora bem vestida disse a uma criança: "Ande, ande, ou dou-te no cu!". Vi garotas altas se agachando, se descobrindo bem mais do que necessário, sem a menor moderação. Ah, sim, isto era a Bélgica! Perguntei-me onde estavam os canais, pois não conseguia imaginar uma cidade sem canal.

– Não existem – disse meu pai – a não ser na zona das prostitutas, e mesmo assim...

Sem canais?! Peguei aversão a essa cidade.

Colocamos nossas roupas num carrinho de mão que eu e Hein puxamos até o fim de um subúrbio. Desta vez meu pai já havia até se assegurado de encontrar um lugar qualquer. Os valorosos estalajadeiros com quem ele estava se hospedando permitiram que dormíssemos no sótão.

– A única outra pessoa é o sapateiro que trabalha lá – disse a senhoria.

Espalhamos a palha sobre o piso e nos deitamos, todos com enxaqueca, próximos ao sapateiro, que cobiçava a mim e à minha irmã e que, desde às cinco horas da manhã, golpeava duramente o couro.

Fábrica de chapéus

Eu tinha dezessete anos. Morávamos em um bairro operário de Bruxelas. Não sabíamos uma palavra de francês e mesmo o *marollien*[37] nos era incompreensível. Tudo isto impedia todos nós, meu pai em primeiro lugar, de encontrar um trabalho adequado.

Uma jovem da vizinhança me levou a uma fábrica de chapéus onde era empregada e, eventualmente, fui contratada. Me conduziram a um grande ateliê repleto de vapor em que mulheres, quase todas jovens, trabalhavam, com as mangas levantadas, diante de grandes tonéis cheios de água quente com vitríolo, pelo que me disseram. Pararam um instante para me olhar e depois retomaram o trabalho febrilmente, com as cabeças inclinadas e os braços caídos. Achei aquilo bonito, entrando naquele salão tomado por uma névoa prateada em que grandes braços jovens e nus, e cabelos de todas as nuances, se debatiam numa atividade grandiosa. Mas esta impressão quase inconsciente de beleza se dissipou rapidamente assim que respirei os vapores que se desprendiam dali.

Fui conduzida até uma jovem que devia me informar sobre o trabalho. Ela me recebeu muito mal, pois, como o trabalho era pago por peça, se ocupar de mim era uma perda de tempo.

O trabalho consistia em mergulhar grandes bonés de lã na água com vitríolo e enrolá-los, batendo-os contra uma tábua

[37] O *marollien*, também conhecido como *brusseleer*, é um dialeto quase extinto falado em Bruxelas. É um dialeto pertencente ao ramo brabançon do holandês flamengo (norte da Bélgica e sul da Holanda), e é fortemente afrancesado, contando com alguns elementos distintos do espanhol, advindos do período em que o país era dominado pelos Habsburgo (1519-1713). A canção entoada neste capítulo está no dialeto brusselier (N. d. E.)

próxima às tinas. Repetia-se a operação até que os bonés estivessem retraídos o bastante para serem moldados num chapéu de feltro. Suava-se abominavelmente neste trabalho e, durante aquele inverno gelado, quase todas tossiam. A água era muito quente e o ácido, corrosivo. Minhas unhas amoleceram e quebraram em poucas horas, deixando exposto um pedaço de carne no fim de cada dedo. À hora do almoço minhas mãos estavam tão inchadas e doloridas que eu não consegui comer minha tartine e, durante a refeição, começou o interrogatório:

– Como se chama?

– Keetje Oldema.

– O quê?! Isso não é nome!

– De onde você vem?

– Da Holanda.

– Ah! É lá que se fala essa língua que você balbucia? Ah bem... eu não gostaria de falar assim. E seus cabelos, você os frisa à noite para tê-lo assim ondulados pela manhã?

– Não, eles são ondulados – eu disse, acariciando os laços que os prendiam.

– Sim, conheço isso.

Evidentemente eu não as agradava. E de novo essa situação, por quê? Em toda parte, eu produzia a mesma impressão. Eu sentia que por nada, como na escola, elas me destruiriam. Enfim.

Uma das moças, de nariz retorcido, me perguntou se eu sabia cantar.

– Sim.

– Então cante qualquer coisa para nós.

Ao cantar o hino nacional holandês elas me olharam, pasmas.

– Ah bem, é como na igreja. Você vai à procissão?

Me senti humilhada por essa pergunta.

– À procissão, eu? Ah não! Não creio nessas besteiras.

– E à missa?

– Tampouco.

– Verdade, você é prática. Nós sim, vamos à missa.

Pude escutar cochichos: "É uma judia". Aquela que me fez cantar foi embora e nem retornou, de tanto que meu canto a havia repugnado.

– Isto, cantar? Pff! Escute! Eu, sim, sei cantar.

E se prostrando bruscamente, com as mãos não cintura, a cabeça elevada a ponto da luz iluminar suas narinas dilatadas, a boca desmesuradamente aberta, começou a entoar, com a voz vinda do peito, fixada em uma nota alta:

– *Ah! Haha! men Refis no den Euss*, etc.

Inúmeros "Muito bem!" acolheram seu canto e seus gestos.

– Assim que cantamos entre nós. O mundo todo compreende, diferentemente disso que você miou...

Seu beiço ilustrava o que pensava. Era inútil, me detestavam por instinto.

Enviaram-me a um outro ateliê para buscar sacos de lã. Ao atravessar o corredor, cruzei um senhor que, me notando, pôs-se a me seguir. Dirigiu-me umas palavras em francês ao chegar na escada, mas eu não entendia. Então, fez um sinal para que eu o seguisse até o sótão. Desta vez compreendi, e neguei com um meneio. Quando desci ele estava lá, ainda, e continuou sua mímica, eu a minha, enquanto voltava à oficina.

– Ah! AH! O patrão – as mulheres cochichavam.

E todas observavam com um olhar oblíquo. Quando ele saiu, uma velha disse:

– É claro que ele olharia para ela. Essa daí faz seu tipo.

À tarde, finalmente deixaram-me tranquila. Me apliquei o melhor que podia, com as mãos doloridas que não se habituavam ao líquido corrosivo. Foi quando um homem adentrou o recinto:

– Estão falando muito de uma nova trabalhadora, que é um pássaro raro. Onde está?

Apontaram-me.

– Essa? Não!

Deu meia-volta, gargalhou batendo nas coxas:

– Ah haha! Eles têm bom gosto, esses senhores! Mas é uma magrela, olhem esses braços!

O fato é que meus braços de menina magra e minhas mãos longas haviam mais de uma vez suscitado brincadeiras deste tipo. Por isso, eu os mostrava o mínimo possível, mas, aqui, era preciso suspender as mangas.

Eu quase chorei de vergonha, sobretudo porque as risadas de todas as outras mulheres, jovens e velhas, eram reais.

Isso tudo durou quatro dias. No quarto dia não pude comer minhas tartines no horário da refeição: as mulheres as haviam banhado na imunda água vitrolada.

– Eu me vou – disse – tive o suficiente. Um ser humano não pode viver entre vocês.

Elas exclamaram algum espanto. Uma das mais velhas declarou:

– Quando vi chegar essa pequena, senti que não ficaria muito. Não tem nada para ela aqui. Olhem para ela, ali com seu medalhão e esse laço nos cabelos!

Fui até o escritório, junto ao contramestre, um homem pequeno e grosseiro, para pedir minhas contas. Disse que era impossível ficar em meio àquela gentalha.

– Pois bem, vá, mas só posso te pagar sábado à tarde, às sete horas – disse ele em um tom ranzinza, que me surpreendeu.

Voltei ao ateliê no sábado, com minha irmã mais nova, Naatje, para receber o salário de quatro dias. No pátio da fábrica, todas as mulheres se reuniam para o pagamento. Ao me perceberem, puseram-se a zombar, me empurrar. Uma chegou a me puxar uma das tranças, quando o contramestre chegou. Ele pegou a moça pelas costas e, com o joelho, aplicou-lhe um golpe nos rins. Depois, me levando ao seu escritório, me entregou nove francos e me conduziu à porta, gritando:

– A primeira que se mexer vai para a rua!

Eu e minha irmã corremos. A duzentos metros da fábrica havia uma casa de campo. Debaixo das árvores que a margeavam, o patrão surgiu. Em holandês, gritei-lhe um "Velho nojento!" sonoro, e nos escondemos na escuridão das árvores, rindo alto.

Naatje e Kees descascam cebolas

Qualquer oferta para ganhar alguns *sous* era aceita por nós imediatamente.

Uma velha senhora, fabricante de conservas, propôs à minha mãe de empregar Naatje, que tinha então doze anos, e Kees, que tinha oito. Deveriam, todos os dias, descascar *ceboulettes*.

Todos fomos surpreendidos no primeiro dia em que voltaram deste trabalho. Seus rostos estavam inchados e manchados de tanto os esfregarem com as mãozinhas sujas. Seus olhos, também, estavam inchados como se tivessem apanhado e chorado por horas a fio. Perguntamos como isso havia se passado e eles nos contaram como havia sido o dia.

Às sete da manhã, ao chegar à casa da velha dama, foram instaladas em pequenos bancos diante de uma grande cesta de cebolas, tendo-lhes sido demonstrado como deviam descascá-las sem dano, uma vez que cada corte ficaria azulado em contato com o vinagre, o que significava que cebolas assim não poderiam servir a conservas de primeira linha. Naatje e Kees passaram ao trabalho enquanto a dama, sentada ao lado deles, limpava pepinos. Ao cabo de alguns instantes, seus olhos começaram a lacrimejar e eles lhes enxugaram com as mãos molhadas com a seiva da cebola. Então Naatje, não suportando mais, pôs-se a se revirar sobre o pequeno banco, ao que a dama protestou:

– Nateke, pelo amor de Deus, pare com os pés.

Depois disso um jovem, que eles tomaram como o filho da patroa, adentrou o recinto – até que entenderam se tratar de seu marido, o que lhes deu um ataque de riso, levando a velha a perder a paciência, ralhando:

– Em nome da Trindade, Keeske, pare de rir feito um porquinho!

Seus risos haviam se transformado em cacarejos quando o jovem marido lhes sinalizou para que virassem a cesta de cabeça para baixo, o que fizeram incontinentes. A dama se lamentou, implorou à Virgem Maria e declarou que as crianças eram um flagelo.

– Um flagelo porque você é muito velha para tê-las, vovó – respondeu o marido.

A esta altura ela levantou os olhos aos céus, gemendo:

– Senhor, perdoai-lhe, pois ele não sabe nem o que diz, nem o que faz.

Durante quinze dias, Naatje e Kees nos divertiram todas as noites com as histórias da velha dama e seu jovem marido, mas a inflamação de seus belos olhos tornou-se tão grave que tivemos medo, e não nos atrevemos a deixarem continuar a descascar cebolas.

Uma noite em um parque de Bruxelas

Vivíamos em uma casa, no fim do bairro, em que a água vertia pelos muros. No térreo havia uma quitanda, do proprietário do imóvel. Pagamos adiantado o primeiro termo, vivendo ali com esse crédito. Como, entretanto, ao fim de um mês, não tínhamos como pagar pelo próximo termo, nem pelas mercadorias, a mulher do proprietário, uma camponesa flamenga grávida de seis meses, passou a vir à porta todos os dias para reclamar seu dinheiro, insultando-nos. Não podíamos nem sair nem entrar do imóvel sem sermos interpelados. Eu era quem, mais que os outros, tinha o dom para despertar sua raiva: ela literalmente espumava ao me ver.

– Ah! Você! Aí com seus jeitos de madame! Era melhor pagar os outros do que ir ondular seus cachos. Ah, meu Deus! Olhe esses cabelos! Parece a Virgem Santíssima, mas não serve a nada! Um dia eu mesma os corto!

Ela me aterrorizava. Eu fazia o que podia para arranjar um emprego, mas não encontrava nada, desconhecendo o francês e ignorando o lugar apropriado para me dirigir.

Enfim, tivemos que deixar o imóvel. Minha mãe alugara dois quartos na outra extremidade da cidade e meu pai, que havia se tornado entregador de recados, teve que fazer a mudança entre turnos, à ignorância de seu patrão. Assim, ele veio, num domingo pela manhã, com seu carro. Eu havia fugido, certa de que a proprietária causaria um rebuliço na vizinhança, uma vez que partíamos sem pagar o que devíamos e sem comunicar para onde nos mudávamos. De fato, quando o carro partiu com grandes trotes carregando nossas coisas, com minha mãe e meus irmãos espremidos embaixo, a mulher grávida se agarrou à carruagem, seguindo-a durante vários minutos até que, extenuada, deixou-a, seguindo-a à distância, contudo, de modo a não a perder de vista.

Eu esperava a chegada do coche na Allée Verte. Minha mãe sinalizou para que me aproximasse, mas vi, de longe, a mulher grávida correndo, enrubescida, abatida e sem fôlego. Tive somente tempo de me esconder atrás de uma árvore, pois ela me teria esganado, e fugi quando ela passou por mim sem me notar. Junto à minha família, não havia possibilidade do menor descuido. Fiz um longo desvio até a ponte de Laeken. Havia festa no bairro, com uma turba gargalhante. Perto da ponte, à borda do canal, o coche havia parado com minha mãe e meus irmãos de um lado e meu pai, bêbado, encolhido no interior. Minha mãe explicou-me o que se passou: a mulher os havia ultrapassado e avisado aos novos proprietários que nós não pagávamos ninguém, de modo que estes nos devolveram metade do dinheiro do aluguel que havíamos adiantado. Eis-nos na rua novamente! Meu pai, inebriado, se enervou sem limites, e como não havia voltado ao trabalho a tempo, certamente perderia o emprego.

A vergonha e a angústia me enlouqueceram. Meu irmão Hein, que tinha dezesseis anos, também estava lá, mortificado, como eu.

– Venha, Hein, não podemos ficar como vagabundos, ao lado deste coche e deste bêbado. Vamos, encontraremos um muquifo.

Disse à minha mãe que viesse no dia seguinte, às nove horas, até a grande alameda do Parque, e eu e Hein partimos. Meu irmão trajava um terno curto cru, bem apropriado, e eu, também, vinha apresentável. Hein, que trabalhava numa forja, recebia cinquenta centavos aos domingos e queria, como sempre, comprar jujubas. Conseguiria cem pelos cinquenta centavos e as chupava o dia todo. Esta vez, entretanto, para não ficar sem comer, o aconselhei a comprar pãezinhos. Como de hábito, eu não possuía um tostão.

Entre o povo, os irmãos e irmãs geralmente se conhecem pouco após os anos de infância. Os garotos vão às oficinas e as garotas trabalham em seu canto. Caso se vejam, raramente se falam. Por isso, fui surpreendida pela gentileza de meu irmão, por ouvi-lo rir ingenuamente e tecer reflexões justas e refinadas. Realmente me deixou feliz me sentir tão bem junto a ele.

Fomos ao Jardim Botânico comer nossos pães. Depois, fui até a casa de um pintor alemão, para quem queria contar nosso infortúnio e pedir que procurasse um lugar para que passássemos a noite. Descobri, então, que ele se encontrava em viagem ao campo até o dia seguinte. Voltei-me a meu irmão, descomposta. Que faríamos? Reencontrar a família pesarosa ao lado do coche, como saltimbancos após um espetáculo? Ah não! Nossos próprios seres se rebelavam contra a ideia.

– Só nos falta caminhar a noite toda – eu disse – está calor, então será bom.

E caminhamos em direção ao parque. Traçamos rotas e mais rotas e, como a temperatura era boa, propus que ficássemos ali após o fechamento. Naquela época, o parque não possuía iluminação, havia um concerto no Waux-Hall[38] e a multidão começava a deixar o local, passando pelos vigias posicionados em cada saída. Tive medo ao ver todos partindo, crendo que os vigias fossem nos retirar, para esvaziar o parque. Saímos, então, com todas as outras pessoas, e nos pusemos a flanar pelas ruas.

Logo estávamos fatigados e sentindo muita fome. Aí veio o medo de sermos pegos pela polícia.

– Meu Deus, Hein! E se pedíssemos asilo na delegacia? Melhor isso do que sermos presos. Eu morreria de medo e de vergonha, porque ficaríamos marcados a vida toda, como acontece quando se é pego pela polícia. Por favor, entreguemo-nos de uma vez.

---

[38] O Waux-Hall, ou Vauxhall, é uma antiga sala de espetáculo de Bruxelas, situada no Parque de Bruxelas, atrás do Teatro Real do Parque. Foi aberto em 1781 e nomeado em homenagem ao salão homônimo de Londres, erigido em 1729 (N. d. E.).

Eu tremia tanto que meu irmão começou a chorar. Descemos em direção à Grand Place. Hein se acercou de um agente e lhe pediu asilo. O sujeito se engasgou, olhando para mim, depois para Hein, e nos conduziu à delegacia. Meu irmão fez às vezes para tratar do assunto. O comissário, um homem velhaco, escutava e me mirava, quando foi pego por uma cólera furiosa:

– É sem dúvida por conta de dívidas que estão nesta situação! Isto não tem nada a ver comigo e o problema é de vocês!

– São praticamente crianças, senhor comissário – o agente disse, timidamente.

Mas ele não se importava, respondendo que devíamos voltar ao lugar de onde viéramos. Eu lhe disse que fomos à polícia por medo de sermos pegos.

– E por medo de serem pegos, vieram se entregar?! Ela é abusada, essa aí! Ah, saiam daqui!

De novo na rua, eu e Hein nos pusemos a rir e a brincar, às gargalhadas.

– Ah! Se é assim, menos mal! Uh... que sorte! Vamos andar, agora que sabemos que não seremos presos. Adiante! Ah, meu Deus! Que velhaco! Adiante!

E eis-nos novamente na rua Real. Após errarmos um pouco mais, decidimos passar a noite no parque, ao qual entramos rastejando por baixo da grade.

Os bancos estavam molhados do rocio. Quase não nos atrevíamos a andar, com medo de sermos escutados do lado de fora. Também não ousávamos ir até o baixio do parque, por conta das ossadas dos mortos de 1830[39]. Meu irmão tremia debaixo de seu terninho. Dormir não era uma questão, pois estávamos por demais apavorados, e nos sentamos ao pé de uma árvore.

Quando o dia começou a nascer, um operário nos viu desde a rua Real. Escondemo-nos nos arredores. Subi em um banco, levantei a saia e fiz meu irmão se esconder sob o tecido. Estáva-

[39] Referência à Revolução Belga de 1830, que tornou o país independente dos Países Baixos (N. d. E.).

mos rijos de frio. Hein resistia pior que eu, mas assim, coberto, adormeceu, enquanto eu cochilei em estado de alerta. Foi assim que um homem nos encontrou.

– Que fazem aqui?

– Ficamos presos aqui.

– O quê? Vocês se deixaram prender para se aproveitar?

Ele falava à moda *bruxelloise*, que eu já entendia um pouco.

– É meu irmão!

– Seu irmão? Sei, já ouvi isso antes. Esperem só e verão.

E se foi. Não esperamos que voltasse e fugimos pelo mesmo caminho pelo que entramos.

Os camponeses que passavam, com seus carros leiteiros, ou os quitandeiros levando cestos de legumes na cabeça até o mercado da Grand Place, zombavam e riam de meu amante. Eu enrubescia de vergonha. Mesmo se Hein não fosse meu irmão, era apenas um menino.

Sentamo-nos no bulevar: novas piadas dos operários em direção ao trabalho. Hein não dizia nada, tão envergonhado quanto eu pela situação equivocada.

Ao abrir, voltamos ao parque novamente à espera de minha mãe. Hein não aguentava mais a situação. Um agente uniformizado nos perguntou o que ainda fazíamos por ali. Eu estava em vias de responder quando meu irmão me cochichou:

– Calada! É o homem que nos acordou.

Resmungando, um bêbado se sentou bem próximo a nós, no banco sobre o qual voltáramos a nos sentar. Levava nas mãos um pacote amarrado com barbante. Tratava-se, evidentemente, de tartines. Hein e eu trocamos olhares, nos entendendo mutuamente. O pacote caiu e, ainda sentada, com um olhar, dei a deixa para que Hein se levantasse, desse a volta pelo banco, pegasse o pacote e se distanciasse lentamente. Rapidamente o sujeito se deu conta do desaparecimento.

– Porcos! Me roubaram! – gritou, procurando sua comida ao redor de si.

Fingindo asco de meu vizinho, me levantei e me retirei, sem pressa. Encontrei meu irmão na extremidade do parque, onde desfizemos fervorosamente os nós do barbante, encontrando, para nossa surpresa, dois pedaços de pão muito seco e sem manteiga. Tanto fazia: para nós, era delicioso.

Minha mãe nos encontrou pontualmente, dizendo que minha cabeça dura a havia feito passar por um transe mortal e que meu pai havia se metido a errar pelas ruas no coche, e disse também que havia encontrado um apartamento em que havíamos sido aceitos como locatários. Minha mãe nos conduziu até uma rua do bairro, ao segundo andar de uma casa onde novamente uma quitanda se encontrava no térreo. Havia já uma conta aberta para nós, à qual nos comprometemos.

Hein, todo rígido, quase não conseguiu subir as escadas. No alto, deixou-se cair sobre uma pilha de trapos e adormeceu. Eu tomei um café e comi uma tartine, e uma nova etapa de miséria se iniciou.

A Varíola

Nossa nova casa consistia em uma cozinha e uma mansarda. A família toda dormia nestes dois cômodos, sobre trapos.

Aos dezessete anos eu não queria mais conviver nesta promiscuidade, e dormia no subsolo, sobre um sofá velho. Pela manhã, fui ver uma amiga que havia prometido me levar ao teatro, que necessitava de coristas. Eu evidentemente não fui aceita, pois não conhecia o francês. Desencorajada, fiquei na casa desta amiga até tarde da noite.

Klaasje, meu irmão de oito anos, padecia de febre desde a manhã, acompanhada de manchas vermelhas por todo o corpo. E eis que, voltando ao meu subsolo, me deparo com a criança deitada sobre meu sofá, tomada por varíola. Meu irmão Dirk se deitara junto ao pequeno, sobre duas cadeiras postas lado a lado, face a face sobre o mesmo travesseiro, segurando-lhe as mãos para que não se coçasse e contando histórias para lhe distrair.

Klaasje era uma criança de beleza rara. Eu o chamava de "meu pequeno lagarto", pelo hábito que tinha de se esconder embaixo dos móveis quando tinha feito alguma malcriação. A ideia de que ele pudesse ficar desfigurado nos assombrava a todos.

Deitei-me sobre o piso de ladrilho, não querendo chegar perto dos meus pais ou dos outros, e escutei Dirk contar histórias de elefantes, que escalavam as torres de Santa-Gudula para escapar das pulgas que lhes assediavam. Com a língua inchada pela inflamação, Klaasje perguntava em que parte as pulgas mordiam os elefantes, pois suas peles eram grossas no corpo inteiro.

– No cu! – disse Dirk pego de surpresa, depois de pensar um instante.

O pequeno foi pego por um riso louco tão contagiante que todos nós nos contorcemos.

– Eu sei que são mentiras, mas conte de novo. É engraçado demais, seja como for – ele disse, falando cada vez com uma dificuldade maior.

E todas as noites, Dirk inventava histórias. Por toda a duração da doença ele continuou perto do irmão, segurando-lhe as mãos para não deixar que se machucasse, e contava, rosto com rosto, histórias abracadabrantes.

As Batatas

Nenhum de nós, exceto Kees, ousava mendigar. Mesmo nos períodos mais agudos da fome a ideia simplesmente não nos ocorria. Mas Kees tinha uma fome abominável: insatisfeito com a parte que lhe cabia, perseguia migalhas da mão à boca e da boca à mão. Kees, portanto, mendigava. Ia às janelas das cozinhas das caves e recebia restos de batatas. Comia-as, mas também as levava para casa.

Um dia, voltando para casa doente e extenuada de fome e de fadiga por tentar, em vão, achar trabalho, encontrei cada um da minha família segurando nos dedos uma batata fria e estragada. Perguntei de onde vinham. Responderam-me que Kess as havia trazido. Kees recuou cautelosamente até a porta, na tentativa de evitar uma sova.

– Como você ousa mendigar, imbecil? – eu disse, em direção às batatas.

E tomei uma entre os dedos. Estava azeda, mas deliciosa.

Kees seguia a batata com os olhos, da mão à boca e da boca à mão. Um olhar que dizia "É bom, não é? Ainda vai me dar uma sova?".

Ao me ouvir repetir que ele não devia mendigar, Kees meteu as mãos nos bolsos da calça, se sacudiu enquanto se levantava, franziu a testa e disse: "Ela é abusada, essa aí!".

E eu voltei a comer essas batatas diversas vezes mais.

Um pão em troca de selos

Eu acabava de chegar em casa nervosa, depois de uma demorada pose de bruços para um pintor, coberta de roupas molhadas e sem ter comido nada o dia todo a não ser um pequeno, e delicioso, sanduíche de salmão. Em casa, nada. Todos me esperavam, crentes que eu traria algum dinheiro pelo trabalho. Mas eu não havia sido paga, e tampouco ousava cobrar.

Discutimos de que modo podíamos obter um pouco de pão na pendura, quando me lembrei que trazia nos bolsos alguns selos de um, dois e cinco centavos. Havia-os achado no ateliê, entre uma papelada posta sobre um prato de Delft[40] e, como estavam amassados e marcados, o pintor os cedera.

Eu sabia que podíamos fazer compras pagando com selos postais, mas nenhum de nós se atrevia a fazê-lo. Enfim, Kees tomou a iniciativa e logo voltou, para nossa estupefação, trazendo um pão e uma vela (já que estávamos sem luz). Perguntamos como ele havia conseguido e o pequeno pedaço de homem de dez anos explicou, sóbrio, que, tendo a mulher recusado em lhe dar um pão pelos velhos selos, ele negociou, explicando que os selos eram como dinheiro e ela poderia tê-los direto com ele, ao invés de ter de ir até os correios, poupando uma viagem.

A inteligência lógica e sem amarras aplicada pelo menino para fazer com que aquela gorda flamenga lhe desse um pão em troca de selos era tão adorável quanto rara. Malgrado minha ignorância, eu o compreendi. E me orgulhei.

[40] Típica faiança pintada da região de Delft, na Holanda (N. d. T.).

Kees, o acrobata

Estava a caminho de casa, cansada ao ponto da exaustão por conta das minhas eternas andanças pela cidade em busca de algum trabalho, quando vi um amontoado de seis pessoas que me fez pensar que algum acidente havia ocorrido. Ao me aproximar, vi Kees, de pernas abertas, se curvando lentamente para pegar, com a boca, uma moeda de cinco centavos posta entre seus pés.

Meu instinto primeiro foi de lhe tascar um sopapo e enviá-lo à casa aos pontapés. Mas um movimento desse poderia lhe machucar a coluna. Portanto, esperei. Ele se ergueu, com grande precaução, com a moeda entre os dentes. A primeira pessoa que avistou, vermelho de vergonha, foi eu. Me olhou, cuspiu a moeda e fugiu, passando por meio de todas aquelas pernas, voltando a cabeça para ver se eu o seguia.

E eis-nos neste país estrangeiro, no qual literalmente morríamos de fome! Cheguei em casa descomposta.

– Por que Kees não está na escola? – foi a primeira coisa que disse à minha mãe – Eu o encontrei na rua, fazendo estripulias de saltimbanco em troca de dinheiro. A culpa é sua se as crianças estão em frangalhos. Quando é preciso buscar um balde de carvão ou vigiar as roupas no varal, você os tira da escola. E Dirk? Por acaso você buscou alguma oficina para ele aprender um trabalho?

– Não, não procurei. Ele é muito jovem.

– Ele tem quinze anos! Os pequenos devem fazer como os maiores. Meta-o numa sapataria ou numa alfaiataria. Não é um trabalho pesado como o de Hein na forja.

– Me deixe em paz! Você é como seu pai, quer que os pequenos trabalhem para tomar seu dinheiro, quando você mesma não faz dinheiro algum.

– Eu estou no mesmo barco que ele! Não tenho trabalho. Você nos pôs no mundo para nos talhar como ervas daninhas e morrer de miséria. Quanto a mim, não terei filhos!

– Que linguajar é este? De onde veio isso?

– Vejamos. Eu tenho dezoito anos. É abominável que você nos tenha dado a vida para fazer de nós o que você bem entender.

– Você fala de acordo com sua inteligência. É correto manter os filhos quando eles vêm.

– Ah! Provavelmente eu é que deveria ter te ensinado a não ter mais filhos.

A porta se abriu. Kees estacou à soleira, sem ousar entrar. Não lhe voltei o olhar.

– Não há nada para comer? – perguntei à minha mãe.

– Não. Eu achei que você traria alguma coisa.

Kees entrou e deu a volta pelo cômodo, me olhando. Nossos olhares se encontraram.

– Viu?! Eu podia ter trazido pão, mas você deu seu show e, pois bem... – eu li em seu olhar.

Que pequeno adorável, ele era. Havia tentado usar sua habilidade, sua flexibilidade, que os destacavam das outras crianças, e que o deixamos desenvolver livremente, para nos alimentar. Comecei a soluçar freneticamente.

– O que será deles? O que será deles?

– Chega de histórias! Que merda de diferença isso faz para você, contanto que você saia impune? Contanto que você tenha seus livros para ler, você não se preocupa com o resto. Se amasse tanto as crianças, não bateria nelas como faz.

– Mas eu quero que eles aprendam! Que estudem! Você não percebe que estão se tornando vagabundos? Que vão terminar na cadeia? Você não entende para onde vão, agora que estão crescendo? – eu rugi, saltando em frente à minha mãe.

Ela deu de costas. Nada a fazer. Era ainda aquela mesma mãe que não quis, quando houve a oportunidade, que eu e minha irmã mais velha, quando pequenas, fossemos à escola gratuita, e que havia penhorado seu casaco para pagar o ensino.

Kees desaparecera novamente. Meia hora mais tarde voltou trazendo um grande pão, que minha mãe fatiou. Vencida pela fome, comi um pedaço, embora não quisesse aceitar.

– Kees – eu disse – fique perto de mim.

– Por quê? – ele me perguntou, desafiadoramente.

– Venha, venha.

Eu queria abraçá-lo, envolvê-lo em meus braços e senti-lo um pouco contra mim. Ele veio e eu chorei por cima de suas costas. Seu belo, cândido e lógico olhar, advertido das coisas lamentáveis da vida, me retorcia de tal modo que me pus a soluçar.

– Você não deve fazer isso! Não deve fazer isso! Idiota! Idiota!

– Mãe! Essa estúpida me chama para perto dela só para fazer com que me sinta mal!

De uma vez, ele se desvencilhou e se refugiou junto à minha mãe.

– Sim! Ela é falsa, essa Judas, essa criatura. Não tem nada parecido com meus filhos.

– Sim! Sim! Eu me pareço com Kees, mas ele não entende.

E continuei soluçando loucamente. Nessa época, eu tinha forças para chorar por horas a fio.

Sinfonia da fome

Sofríamos, todos, de náuseas por conta da fome. Sem saber para onde ir, eu não saía de casa. Meu pai estava acabado, caído, e quase não o víamos. Vagabundeava à torto e à direito, incapaz de arranjar um trabalho sério.

Hein e Naatje discutiam o melhor modo para se satisfazer com um mero pedaço de pão. Naatje dizia que era preciso morder pelas beiradas e manter o último pedaço dentro da boca, deixando-o dissolver.

– Não – Hein respondia – não é assim. Comer lentamente dá mais fome. Quando quero me satisfazer com um pedaço de pão, engulo os pedaços quase sem mastigar. Talvez isso faça mal, mas passo menos fome.

Dirk entrou de uma só vez, deixando a grande porta escancarada. Revirou os armários, as gavetas, as panelas e mesmo os móveis à procura de algo para morder. Sua aparência era maníaca. Sem encontrar nada, partiu sem dizer uma palavra.

Minha mãe, na tentativa de aliviar a enxaqueca, havia saído para sentir o aroma dos vapores vindos das cozinhas, mas voltou ainda pior, por seu apetite ainda mais escancarado.

– O que são essas comidas dos ricos? Só o cheiro já levantaria um morto, mas assim, esfomeada como estou, me fazem ofegar. Que faremos?

Como eu sofria de vertigem, e passava mal com o clima, fui até a janela, de onde vi Kees, bem adiante do charcuteiro à nossa frente, lambendo a vitrine do lugar, contra os presuntos e línguas de boi que se escondiam atrás do vidro. Dei um sobressalto, como se picada por uma mosca.

– Mãe, mãe! – eu gritei – corra e venda meus livros, e mande Kees voltar ou eu o mato!

Louca por leitura e desesperada por não ler em francês, assim como por não encontrar livros em holandês, havia solicitado alguns livros em flamengo por toda parte. Na ausência de novos, eu li alguns de dez a doze vezes, como *La Tombe de fer*, de Henri Conscience[41], e deste modo, compus uma pequena biblioteca que devorava incansavelmente. Diversas vezes recusei fortemente a venda dos livros, mas naquele dia eu empilhei todos num cesto e enviei minha mãe com eles à Galeria Bortier. Eu acreditava, como havia se passado com meu vestido de primeira comunhão, que nos ofereceriam um belo preço pelos livros antigos, que eram tudo para mim.

Enquanto minha mãe partia para vendê-los, a locatária principal entrou em casa, sem fôlego:

– Senhorita, diga à sua mãe que quero lhe abrir um novo crédito. Eu sei que estão há alguns dias sem comer. Ofereci uma tartine ao pequeno Klaasje, mas ele a recusou dizendo que acabara de comer. Eu sei que não era verdade e ele é tão pequeno!

Klaasje tinha oito anos. Eu tive espasmos de emoção. Entendi ali que não havíamos ainda sido vencidos!

Minha mãe voltou rápido. Com grande dificuldade ela havia conseguido um franco e setenta e cinco centavos pelos livros.

---

[41] Hendrik (Henri) Conscience (Antuérpia, 1812 – Ixelles, 1883). Autor belga, pioneiro da literatura flamenga escrita em holandês, em um momento em que o francês era a língua literária dominante na Bélgica. Foi um grande expoente do romantismo nacionalista, tendo lutado na Revolução Belga de 1830. Um de seus mais importantes romances é *De Leeuw van Vlaenderen* (O Leão de Flandres), baseado na Batalha de Courtrai entre Felipe IV de França e as milícias comunais flamengas em 1302 (N. d. E.)

Klaasje condenado

A porta se abriu com um estrondo. Um homem entrou, trazendo Klassje pelos braços.

– Esse garoto é seu? Ele quebrou minha vitrine. Se quiser pagar vinte e quatro francos, tudo bem, senão, prestarei queixa.

– Vinte e quatro francos? – disse minha mãe, com um tom indolente – Impossível. Não posso pagar.

– Como quiser – respondeu.

E saiu.

– Como isso aconteceu? – perguntamos a Klaasje.

– Estávamos brincando de orquestra perto da vitrine de uma casa vazia. Eu levava o bastão e fazia "Bum! Bum! Bum!" e meu punho acertou o vidro. Nós fugimos, mas eu tropecei em um paralelepípedo e o homem me alcançou.

– Não se pode condenar uma criança de nove anos! – disse minha mãe, imaginando que aquilo não podia dar em algo sério.

Havíamos esquecido do assunto, até o dia em que recebemos uma intimação: Klaasje Oldema deveria comparecer à justiça.

– Não é possível que isso seja para o pequeno. Há de ser para o pai. Onde ele poderia estar, inclusive? Não o vimos mais.

– E eu sei? Ele vagueia por aí, mais acomodado nesta vida do que em uma de trabalho para sustentar a mulher e os filhos.

– Mas nós temos que encontrá-lo. Ele é quem deveria ir com Klaasje.

– Ora, mas isso não parece incomodá-los?! – disse minha mãe, com um meneio – Vocês não veem nenhum problema em que uma criança tenha que ir ao tribunal?

– E o que você quer que eu faça? De qualquer modo, eles não condenam crianças.

Era isso que pensávamos.

No dia da audiência, não tendo encontrado nosso pai, disse à minha mãe que acompanhasse meu irmão, mas seu ar indiferente me inquietou.

– Escute, mãe, se você não quiser, eu vou. Não ligo se por isso perder meu emprego!

Havia encontrado um trabalho maravilhoso em um antiquário havia dois meses, que consistia em reaplicar bordados antigos sobre fundos novos. Eu adorava essa atividade e o antiquário havia até escolhido um dos fundos que eu acreditava ser o mais adequado. Eu deveria reaplicar tulipas rosas e íris malvas. O antiquário e sua mulher queriam pô-los sobre um veludo verde-garrafa. Ao notar que eu admirava um ondulado amarelo-enxofre, me perguntaram:

– E você, que fundo escolheria?

Mostrei-lhe o ondulado.

– Ela tem razão. É mais distinto e leve – ele disse, descartando as flores enquanto eu lhe mostrava o ondulado.

Não estava só feliz por lidar com essas coisas: eu era bem paga.

– Não! Não! – protestou minha mãe – não deixe seu trabalho. Eu levo Klaasje.

– Tem certeza?

– Tenho.

E fui, tranquila, ao trabalho. Quando voltei, Klaasje se jogou em meus braços, aos soluços:

– Eu tenho que ir para a cadeia! Para a cadeia! Por oito dias!

– Como? Para a cadeia? Você não pode fazer nada? – perguntei à minha mãe.

Ela piscou rapidamente, sem me responder.

– Ela não me acompanhou – Klaasje respondeu.

– Mulher horrorosa! Você é nossa infelicidade! Me escute! Vá encontrar nosso pai e partam, juntos! Eu tomo conta das crianças. Você é nosso atraso e eu não posso fazer nada por eles por sua culpa. Quando se for eu terei as mãos livres e os criarei. Eu imploro, vá embora!

E ela respondia, com um "Mhmm" de escárnio.

Alguns dias mais tarde, Klaasje, aquele ser pequeno e frágil como uma lagartixa, teve que se dirigir à cadeia dos Pequenos Carmelitas. Desta vez eu o acompanhei. Eu achei que poderia implorar por seu perdão, mas o porteiro me barrou, me interrompendo grosseiramente:

– Sei, sei, eu conheço isso. Só há inocentes por aqui.

Para mim, foi uma semana de tortura. Não voltei a me enfurecer contra minha mãe, que não respondia, embora suas piscadelas traíssem sua agitação. Quando Klaasje voltou, nos disse que havia passado oito dias entre pequenos condenados de todos os tipos. Estava tão maltratado quanto um pequeno vagabundo, com os cachos castanhos cheios de vermes.

– Venha, vou te lavar.

Tomei meu sabão e meu pente e comecei a desinfecção pela cabeça. Klaasje se deixava lavar, docilmente, mas quando quis o despir, se rebelou.

– E você não sabe o que é isso, não é? – ele disse, me olhando afrontosamente e fazendo um gesto como se roubasse algo e escondesse no bolso.

– O quê? – eu perguntei, estupefata.

Ele se desvencilhou, saltou em direção à porta, dando com as palmas nas coxas e, esboçando um gesto indecente com a mão, zombou, enquanto fugia:

– Aqui para você!

– Klaasje, Klaasje! – eu repetia – Mãe! Olhe, ele já incorporou esses maus-modos de vadios.

– Você que o envergonhou, como se ele tivesse trazido a peste. Você irrita a todos nós com suas recriminações eternas. Ele tem piolhos: e daí? Crianças têm piolhos. É saudável.

Algum tempo depois, sem trabalho, estava sozinha em casa, encolhida em meu sofá e sonhando tristemente quando a porta se abriu. Klaasje entrou, se jogou no chão e rastejou para debaixo do sofá, seguido por uma mulher furiosa.

– Ele roubou o cachimbo de bétula de meu marido – ela espumava – Tinha vindo brincar em casa com meus filhos e o cachimbo, um cachimbo de seis francos, estava sobre a lareira. Quando esse patife foi embora, o cachimbo sumiu. Só pode estar com ele. Eu sei que ele já esteve na cadeia. Se soubesse antes, não o teria deixado brincar com meus filhos.

– Ele foi condenado por ter quebrado uma janela – eu respondi – não por roubo. Ele não rouba e você que vá procurar seu cachimbo.

Puxei Klaasje de debaixo do sofá, e retirei a parte superior de sua roupa, dando-a para a mulher. Ela revirou a camisola: nada.

Tirei suas calças e joguei-as para a mulher. Ao cair no chão, produziu um som abafado. Nós duas pulamos sobre ela e a revistamos. Nos fundilhos da calça, que eu mesma havia reforçado com um forro, estava o tubo do cachimbo, entre o tecido e o forro. O fornilho estava na parte de cima, descosturada o suficiente para colocar um objeto.

Klaasje havia fugido de novo para baixo do sofá. A mulher queria gritar, mas meu rosto deve tê-la apavorado tanto que ela foi embora o mais rápido possível. Chegando na parte inferior da escada ela se compensou, gritando que ladrões como nós deviam ser expulsos.

Eu estava atordoada e entorpecida: arrepios febris percorriam meu corpo e meus joelhos batiam um no outro.

– Klaasje! Klaasje! Meu pequeno lagarto! – era o que eu conseguia dizer.

Klaasje não se movia.

No Hospital

Voltando de uma de suas escapadas, Mina teria que dividir comigo o sofá pela noite. Logo de início ela puxou a coberta para ela e pela manhã me empurrou para o chão, onde continuei a dormir. Acordei com uma tosse terrível.

Passado algum tempo, comecei a me sentir doente e muito fraca, sofrendo de febres intermitentes. E ainda havia esfriado, por conta do inverno.

Me arrastei por alguns dias, até que anunciei à minha mãe e minha irmã que iria ao hospital, mas que, se quisessem cuidar de mim, ficaria em casa. Ambas se puseram a rir e, ao me verem partir, zombaram:

– O café estará pronto quando voltar.

Mas não voltei. O hospital me internou.

O chefe de serviço, um homem grande de cinquenta a cinquenta e cinco anos, cabelos loiros acobreados partido ao meio por uma risca, barbicha grisalha e grandes mãos semeadas de sardas, tinha um ar de mastim rondando os arbustos a procura de galinhas. Ele me auscultou o peito e constatou uma bronquite crônica e febre palúdica.

– E ela está muito enfraquecida pela miséria. Que bela menina! – disse, rindo, a seus alunos.

Prescreveu-me uma porção completa de alimentos, xarope de Vanier e uma pequena dose de quinino, que deveria ser consumida todo dia, de uma só vez.

Fui admitida numa quinta-feira. O repouso, o leito de qualidade e a alimentação saudável me reconfortaram imediatamente. Por isso, quando minha mãe e minha irmã vieram me visitar no domingo, me encontraram rejuvenescida e rosada. Além do mais, me divertia por ter pedido livros e ter recebido *Le Pays d'or*, de Henri Conscience. A ingenuidade demonstrada pelos camponeses flamengos em busca do ouro na Califórnia me fazia contorcer.

– Mas você não está doente! – exclamou minha mãe – Eu não entendo por que você continua aqui por mero prazer enquanto nós morremos de fome em casa. E eis aqui uma carta do antiquário, pedindo que você volte a reaplicar os bordados.

Parei de rir, e como o doutor chegava para a visita pedi imediatamente que explicasse que eu estava verdadeiramente doente.

– Minha mãe acha que estou no hospital para me divertir.

– Não, não, madame. A doença de sua filha é muito séria. Devem deixá-la aqui.

E com isso partiram, furiosas.

O doutor então me desnudou e me examinou, fazendo um percurso por todo o corpo.

E todos os dias, repetia o procedimento. Ao despertar, me desnudava, pedindo que eu segurasse a camisola bem alto, e me manuseava como quisesse. Os estudantes, a noviça e eu ignoramos esse tipo de tratamento por muito tempo.

Na maternidade, reinava uma infecção que ameaçava os recém-chegados. Foi necessário remanejar os pacientes por todas as salas. Na minha, havia ao menos quatro novas pacientes. Muitas sofriam de aborto espontâneo e se lamentavam dia e noite.

Na noite da Terça-Feira Gorda[42], duas pacientes, recém-chegadas, que choravam sem cessar, me impediam de dormir. Fui tomada por uma vontade louca de dançar ao ouvir, na rua, a música do carnaval. Levantei de meu leito, em meio à sala de vinte e oito catres, iluminada em seu centro por um queimador a gás e o

[42] A terça-feira gorda, terça-feira de carnaval, é o dia de fevereiro ou março que precede a quarta-feira de cinzas. A data é determinada pela Páscoa e recebe este nome por ser o último dia antes do início do jejum da Quaresma (N. d. E.).

calor bondoso, as cortinas brancas e os rostos jovens nas janelas vizinhas fizeram com que eu me sentisse em casa.

Escutava a alegria lá fora com frêmitos de desejos de estar ali. Chamei minha vizinha, jovem como eu:

– Toinette! Toinette! Escute! Estão cantando ao som de uma valsa – eu disse, baixinho.

– Uma valsa? Uma valsa? – ela gaguejou, sentando-se sobre a cama – Sim! Consigo ouvir! – disse, divertindo-se.

Eu via seus olhos negros queimarem, e via como era bela, com sua touca caída, de atravessado.

Uma das pacientes berrou:

– Meu ventre! Oh! Meu ventre!

– Venha ver pela janela – disse Toinette.

Nos levantamos e, descalças, corremos para abrir a cortina, mas o balcão bloqueava nossa vista. Abrimo-la e, do balcão, vestindo nossas camisolas, pudemos ver grupos mascarados que dançavam em círculo e gritavam a plenos pulmões.

Voltamos rápido, por conta do frio. Foi quando escutamos uma paciente alemã clamar:

– *Ich will nicht sterben, ich will nicht sterben*[43].

Aquilo me arrepiou.

– Meu Deus, Toinette! Ela está sofrendo tanto!

– Se você não rir nunca, simplesmente porque aqui estamos todas gemendo, sua vida não tem mais jeito.

Uma outra paciente se levantou e, juntando-se a nós, dançou uma polca.

No corredor, a noviça e a servente vieram para a ronda. Tivemos apenas tempo de correr para trás das camas. A freira avançava como se deslizasse. Diante dela, sua lanterna alumiava com uma luz embaçada que, vacilando, refletia sua figura deliciosa-

[43] "Eu não quero morrer! Eu não quero morrer" (N. d. T.)

mente doce, anuviada pelo adereço branco. Atrás dela, a servente, enrolada em um xale, sincronizava o passo.

A irmã elevava sua lanterna em direção a vários leitos. Perto da paciente que suspirava "Meu ventre, meu ventre!", ela parou, arrumou as cobertas, disse qualquer coisa em um tom plácido e prosseguiu.

Eu mal havia tido tempo para me cobrir, mas fingia dormir. Ela me cobriu, debruçou-se sobre a cama e murmurou:

– O chefe lhe chama de grilinha. Ele tem razão: há mais osso do que carne.

Eu a sentia afetuosa, e seu semblante me agradava. A servente, uma camponesa flamenga, respondeu:

– Eu não gosto dessa garota. Ela não é como nossos outros doentes, e o doutor...

– Shh! Shh! – interrompeu a irmã.

– *Ich will nicht sterben, Ich will nicht sterben!* – lamentava-se a outra paciente.

– Esta não passa desta noite – disse a religiosa – E eu nem mesmo posso lhe falar de Deus, pois é protestante.

Elas se distanciaram num passo leve e, depois de algumas paradas, sumiram na escuridão.

Toinette havia se metido na cama de outra jovem, com quem tinha familiaridades estranhas. Eu, de minha parte, adormeci, como se ouvisse ao longe:

– Meu ventre! Oh! Meu ventre!

A rua em júbilo e a música ainda me acordaram mais uma vez. A alemã, então, gemia cada vez mais baixo:

– Ich will nicht sterben, Ich will nicht sterben!

A emoção tomou conta de mim e comecei a chorar. Eu sabia um pouco de alemão. Fui até sua cama e perguntei se podia fazer algo. Ele me deu a mão, como se perturbada. A língua já inchada, ela repetia:

– *Ich will nicht sterben: der Kleine lebt, ich muss leben für ihn*[44].

Fiquei perto dela. Pela manhã, estava morta.

Ao cabo de seis semanas, me sentia disposta o suficiente para partir. Minha mãe havia me visitado para me dizer que meu pai havia jurado me tirar dali pelos cabelos caso não voltasse. Mas o chefe do serviço se mantivera firme. Na manhã de minha alta, ele me manipulou longamente e me recomendou continuar tomando o xarope de Vanier e o quinino. Eu lhe respondi, dizendo que não tinha como obtê-los.

– Venha à minha casa e eu os darei.

Fui à casa dele no dia seguinte. Ele me fez esperar até que todos os clientes tivessem partido. Quando entrei em seu consultório, me passou o frasco, pegando-me pelos braços. Sua mandíbula estalava.

– Vejamos este peitoral – disse, ao sentir meu recuo brusco.

E me despiu. Sentou-me sobre o divã e depois disse.

– Você tem um peitoral muito frágil. Isto pode lhe trazer problemas, se não se cuidar. E tome os medicamentos direito. Estarão sempre aqui para você.

Compreendi-o perfeitamente: se não me cuidasse, morreria. Me cuidar significava tomar os remédios que não podia pagar, mas que ele me daria em troca da minha pele.

E o que pensariam em casa, se eu morresse? Naquele momento já sentia tudo desmoronar; o que seria sem mim? Nossas crianças, tão bondosas, inteligentes e belas naufragariam na vida sem piedade. Klaasje, meu lagartinho, já fora preso, e minha mãe, tanto quanto as crianças, precisa de minhas revoltas para que não vá à deriva de vez.

Eu não amava minha mãe, mas lhe tinha compaixão, agora que julgava melhor. Ela não havia posto nove crianças no mundo na pior das condições? Teria morrido de fome nas gravidezes se não fosse por alguns vizinhos que lhe levavam um café e um

[44] "Eu não quero morrer! As crianças vivem. Devo viver por elas" (N. d. T.)

pedaço de tartine. E todos nós, esfomeados, estávamos ainda ao redor dela cobrando-lhe o máximo.

E quando Dirk ficou transparente de fome e de febre? Ela não estava lá para pedir caridade numa casa em que havia visto crianças na janela, crendo que uma mãe não recusaria isto a outra? E como ela voltou, soluçando e chorando, por ter sido rejeitada!

Eu começava a compreender suas encolhidas de ombros.

– Você não pode continuar assim – o velho dizia – não se deve levar com pouco caso essas aflições do peitoral. Você poderá nem mesmo sentir que está doente, mas estará.

– Sim, não é algo para se rir – eu disse a mim mesma.

– Se se cuidar, se tornará ainda mais bela. E você já é mesmo um deleite.

Ele notou que eu pensava em outra coisa, e me virou de bruços sobre o divã.

Uma vez fora do consultório, fui tomada pelo desespero, mas o que mais eu podia fazer?

Não quero morrer tísica, como aquelas que havia visto morrer nos dormitórios. Não podia morrer assim, e não devia!

Enquanto estava no hospital, vi agonizar, durante horas, uma jovem mulher que, havia cinco anos, vinha se tratar no hospital. Seus soluços eram ouvidos a duas salas de distância. Em seus últimos momentos, uma religiosa repousara uma vela acesa em sua mão. A servente, ao outro lado do catre, contava o prazer que sentira na quermesse de sua aldeia; a irmã escutava, entusiasmada. Ambas se debruçavam sobre o catre, rindo, sem se preocupar com a moribunda, cujo olhar inteligente passava de uma a outra. A cera da vela colava sobre a mão da jovem, queimando-a. Seus soluços aumentavam: ela deu um sorriso ridículo, mordendo a própria língua, e foi tudo. A irmã retirou a cera, olhou negligente para a morta e se foi com a servente, continuando a conversa.

Uma costureira tuberculosa dera à luz em agonia, sem soltar um gemido; mas, quando a criança foi levada para ser limpa, ela se obrigou a levantar os braços e gaguejou:

– Eu não vou vê-lo.

Ficou repentinamente lívida, com cabeça balançando de um lado a outro. Estava morta.

E eu?! Morrer assim? Jamais!

Eu teria cinco anos, caso não me cuidasse. Portanto, morreria aos vinte e quatro. Klassje teria somente catorze e eu já não estaria mais com ele! Ah, não! Não! Não quero. Preciso dos medicamentos que me manterão sã. O doutor os daria à farmácia do hospital, portanto eu os teria sempre.

Quando meus frascos se esvaziavam, eu voltava ao chefe de serviço que, a cada vez, me passava as pequenas garrafas.

Prostituída

Minha filha tem o cartão amarelo
Dostoiévski[45]

Mais uma vez estávamos sem comer. Havia dois dias que Hein batia bigornas com seus pesados martelos de forjador, sem ter comido nada. Estava caído sobre uma cadeira, pálido, a cabeça baixa, os braços pendendo, dormentes ao longo do corpo, e repetia:

– Não posso mais… não posso mais...

As pequenas pernas de Klaasje desmoronaram e ele jazia sobre o chão e se apoiava nas paredes; as outras crianças estavam dispersas, aqui e ali, pelo quarto, todas doentes de fome. Minha mãe tinha o rosto febril e piscava precipitadamente, acusando seu cansaço. Eu sofria de vertigens que me faziam cambalear.

Minha irmã mais velha havia nos deixado e nós esperávamos por meu pai, que saíra pela manhã em busca de qualquer trocado. Retornou bêbado e pediu algo para comer.

Eu olhava ao meu redor, sentindo que uma infelicidade logo se abateria se não encontrássemos algo rapidamente. Tomei minha decisão, alonguei minha saia, joguei meus cabelos para frente e me ajustei o melhor que podia, triste por não ter um pouco de *rouge*, como havia visto nas prostitutas, e disse à minha mãe que sairia. Ela quis me acompanhar, para trazer de volta a comida mais rapidamente.

[45] Referência à *Crime e Castigo*, de Fiodor Dostoievski. O cartão amarelo se refere ao documento recebido pelas prostitutas da Rússia de então, como prova de seu registro profissional (N. d. T.).

Chegando ao centro da cidade, disse-lhe que mantivesse a distância. Logo, um homem me sinalizou para que o seguisse, me levando a uma casa de pernoite. Quando, depois de tudo, pedi meu dinheiro, ele me perguntou se eu estava zombando.

– Por cinco francos eu posso ter uma mulher fina e você é estragada e suja como uma pedinte. Saia! Me deixe passar.

No térreo, ele se recusou a pagar o quarto. A inquilina ameaçou chamar a polícia e ele acabou obedecendo. À saída, a mulher gritou:

– Fiapo de gente imundo! Eu acabo com você se se atrever a voltar aqui!

Minha mãe esperava no boulevard. Quando contei o que acontecera, ela ficou petrificada.

– Que posso fazer? Que posso fazer? Arrisquei ficar grávida de um desconhecido, arrisquei pegar sua doença imunda e fui insultada. Por nada! E as crianças, meus Deus, as crianças?!

– Se não voltarmos com nada, elas morrem – disse minha mãe.

Chorei, apoiada a uma árvore. Mas a visão de nossas crianças, que nos esperavam, me encheu de energia.

– Vou continuar – eu disse – Mas fique mais distante e me siga devagar.

Eu não levava um lenço comigo e, enxugando as lágrimas com as mãos, ajeitei minha aparência.

Logo, ouvi um sussurro atrás de mim:

– Pequena, pequena...

Tornei-me e vi que um gigante me seguia.

– Pequena, venha comigo.

Segui-o.

Fui conduzida a uma outra casa e recebi alguns francos adiantados.

O sujeito me tocou com grande cuidado; ele tinha um medo real de me machucar. Ria de minha figura, de minha magreza. Todo meu ser minúsculo o alegrava e ele repetia, sem cessar:

– Pequena, pequena!

Depois de algum tempo, bateram à nossa porta, aos berros:

– E aí?! Acabou seu tempo. O mundo todo está esperando aqui fora. Precisamos do quarto.

Crente de que era a polícia, me joguei, aterrorizada, sobre o gigante, o que o alegrou ainda mais. Envolveu-me em seus braços e murmurou, rindo docilmente:

– Vamos, pequena, vamos!

Como era bom aquele imenso peitoral! Pela primeira vez na vida me senti protegida. Todos os malfeitores da cidade não poderiam me desatar daqueles braços que me serravam. Ele lhes havia dito, zombando:

– Vejam, é uma pequena, uma pequena!

Na rua, trotei até minha mãe. Compramos algumas comidas pobres e, desde baixo da escada, gritamos às crianças:

– Temos pão! Temos pão!

Ao cabo de alguns dias, nossa casa andou regularmente. Na verdade, melhor do que jamais havia estado. As crianças comiam, estavam limpas, iam à escola. Minha mãe fazia trabalhos domésticos e meu pai não bebia, mas fazia café e descascava batatas. Sozinha, eu me enfurecia e chorava, encolhida sobre o velho sofá que me servia de cama.

A simplicidade com a qual meus pais se adaptaram àquela situação me fez ter uma crescente aversão diária a eles. Se esqueciam que eu, a mais bonita da ninhada, me prostituía todas as noites aos passantes. Sem dúvida, não havia outro meio para que não morrêssemos de fome, mas eu me recusava a admitir que esse meio fosse aceito sem a revolta e as imprecações que, noite e dia, me abalavam.

Eu era muito jovem para compreender que, entre eles, a miséria havia cumprido seu trabalho, enquanto eu tinha ainda toda minha juventude e todo meu vigor para curvar o destino.

FIM

Uma escritora holandesa na literatura francesa

por Franz Hellens

Publicado originalmente em
Den Gulden Winckel[1], ano 27, 1928.

[1] *Revista mensal dos amigos dos livros nos Países-Baixos.* Foi criada em 1902, sob redação de F. Smit Kleine, impressa pela Hollandia Drukkerij, em vigor até 1945 (nota do editor).

Neel Doff

A maioria dos livros franceses destes tempos, romances, contos ou ensaios são permeados por uma tríplice couraça literária. Perde-se muito tempo para se libertar delas, levando frequentemente a uma noção triste de vazio. A vantagem dos livros de Neel Doff é que conseguem ir ao cerne dos problemas de forma sutil.

O ponto principal de Doff é que ela não se serve de formas literárias para expressar o que pensa, sente e vê; não nos faz amar ou detestar pessoas e coisas por imagem e comparação, mas pelas palavras de seu coração e seus olhos, por palavras honestas e diretas. Neel Doff estreou nas letras com um livro que atraiu a atenção imediatamente. A ansiedade despertada por *Marie-Claire*[2] não foi ainda superada e um livro novo escrito por uma mulher já se impõe à nossa sensibilidade, cansada do exagero, da roupagem poética, das complicações psicológicas, da falsa timidez e do cinismo literário. *Dias de fome e desamparo* não é um romance, mas uma série de esquetes, uma série de contos verdadeiramente marcantes, um livro que soa como um novo metal, um livro de raro valor. Sua tiragem foi limitada – como poderia ser diferente? – pois a nudez

---

[2] Romance de autoria de Marguerite Audoux (Sancoins, 7 de julho de 1863-Saint-Raphaël, 31 de janeiro de 1937), publicado em 1910 pelas *Editions Fasquelle*, mesma editora do primeiro romance de Doff e que, no mesmo ano, recebeu o prêmio *Femina* (exclusivamente feminino e criado em 1904 como contraproposta ao Goncourt, por conta de sua misoginia), o que impediu que a autora concorresse ao Goncourt, a despeito do apoio de Octave Mirbeau, autor do prefácio e grande apoiador da obra de Doff (Nota do Tradutor).

agrada apenas por meio do escândalo ou da perfeição plástica. E nem este primeiro trabalho, nem *Keetje*, que o seguiu, podem ser considerados representantes desses gêneros.

Dizia-se que Cézanne não sabia pintar nus. Do mesmo modo, foi dito que as personagens desnudas de Neel Doof eram feias. Mas elas são, simplesmente, de uma sinceridade primeva. Disseram, também, como me lembro, que não eram realmente humanas, porque não expressavam pensamentos e sentimentos completamente reprimidos, mas, antes, os expeliam em solavancos e escombros. Ora, há algo bem melhor do que pensamento e sentimentos vazios nos livros de Neel Doff: há traços da vida real, em que espírito e sensibilidade predominam, como as esferas vermelho-sangue dos sistemas circulatórios saudáveis.

Esta escritora, que até seu quinquagésimo ano de vida se ocupava somente de seu viver, e que havia vivido sem escrever, era filha de um pai holandês (frísio) e de uma mãe de Liège. Passou sua infância em Amsterdã: *Dias de Fome e Desamparo* é o relato destes anos em que a criança foi forçada a ver a vida com seus próprios olhos, a vida que sempre a tratou com descaso. Sua origem miscigenada, germânica e latina, lhe dá uma originalidade distinta, consistindo em força e gosto, clareza e abundância.

Mais tarde, Doff se mudou para Antuérpia, onde seu primeiro livro foi escrito e onde se casou, pela segunda vez, com um conhecido advogado. Fernand Brouez[3], fundador de *La Sociéte Nouvelle*, àquela altura uma revista famosa, notara o charme e personalidade de sua natureza extremamente dotada que, entretanto, não havia se manifestado plenamente durante seu casamento. Instalando-se em Bruxelas após o armistício, a autora de *Keetje*, publicou uma série de obras que tratam a vida e a natureza sem nenhum adorno de estilo e com os títulos mais simples: *Keetje*, *Kettje trottin*, *Angelinette*, *Campina*[4]. Este último, publicado recentemente, apresenta

[3] O autor parece se confundir. Doff de fato se casou pela segunda vez em Antuérpia, com Georges Serigiers, mas Brouez foi o primeiro marido da autora, morto em 1900 (N. d. T.).

[4] "Campina" é a tradução literal do nome da região de *De Kempen*, entre

algumas figuras campesinas numa verdade pungente, em meio a uma paisagem característica. Trata-se de um documento fiel na forma de narrativas curtas, esboços de diálogo, notas, entradas de diário. A este território pouco conhecido, à primeira vista monótono, plano e triste, Neel Doff indica relevos secretos, acidentes do drama cotidiano que se desenrola entre pessoas, animais e terra. Num livro intitulado *Moi* e posteriormente publicado com o título *En Sabots*, André Baillon[5] já havia pintado um retrato fiel da Campina, repleto de pequenos achados deliciosos. Estes dois trabalhos, *Campina* e *En Sabots*, se complementam ao mesmo tempo em que se opõem. Com Neel Doff, o retrato é mais direto, aparentemente mais fiel. A autora escolhe não se inserir na própria história, mas tampouco se esconde. Com Baillon, as cores são mais vividas, com maiores nuanças, mas ele as deriva tanto dele mesmo, de sua sensibilidade, de sua mente, quanto da natureza. A Campina de Neel Doff é a terra estéril de areia e terra que o homem teve que tornar fértil por meio de um esforço doloroso; terra hostil e remota, mesquinha, na qual as criaturas vivem uma vida selvagem e precária, imersas na sujeira e no preconceito.

---

a Bélgica e a Holanda, que consiste em pântanos e charnecas arenosas. Uma região de trabalhadores da terra, esparsamente populada e lar para muitas irmandades monacais. A partir do século XIX, a indústria se instalou na região, principalmente as indústrias extrativistas, mirando o silício e o carvão (N. d. T.).

[5] André Baillon (27 de abril de 1875, Antuérpia – 10 de abril de 1932, Saint Germain-en-Laye) foi um autor belga, ligado ao surrealismo, cujos romances indicaram uma grande mudança na literatura belga. Nascido numa família abastada e educado em escolas católicas, Baillon foi desde muito cedo obsessivo com a morte e o suicídio. Em 1902, casou-se com Marie Vandenberghe, prostituta e, na década de 1920, fixou-se em Paris, já em um segundo casamento. Em textos repletos de ironia, permeados por ideias socialistas e misticismo flamengo, Baillon publicou a maior parte de seus livros na última década de sua vida, terminada por seu suicídio. Além de *En Sabots*, aqui citado, é autor de *Histoire d'une Marie* (1921), *Zonzon Pépette, fille de Londres* (1923), e *Délires* (1927), a ser publicado pela sobinfluencia (N. d. T.).

Por volta de seu quinquagésimo aniversário, *Dias de Fome e Desamparo* foi uma estreia brilhante para Neel Doff. Desde então, ela quase não mudou seu estilo de escrita simples, natural e forte. Talvez só tenha ficado um pouco mais suave; sua frase permanece curta e sua visão livre de auxílios. Ela ignora os truques, não sabe trapacear. Doff também desconhece a síntese, mas seu texto é rico em abreviações concisas. A figura feminina que predomina em seus romances desperta admiração imediata por seu orgulho; orgulho este de temperamento e caráter mais fortes que quaisquer outros. É aqui que a escritora se trai.

Nascida na miséria, limpa em meio à sujeira, Keetje demonstra sua vontade de sair de seu ambiente por meio de suas ações; sua força reside na saúde de seu corpo e de sua alma, em sua sinceridade absoluta: o vício e a má companhia são meros chapiscos de lama, e mesmo quando a fome a força a descer às camadas mais baixas, não é difícil limpar-se da sujeira. Situada num romance de Doff, essa figura se mostra como uma personagem bíblica em uma gravura de Rembrandt perante qual somos abandonados a inserir o chiaroscuro. Na cozinha de seus patrões, ela canta para Willem, o filho da casa, as canções que ouvia aos domingos, no *Plantagie*[6] de Amsterdã, entoadas por moças de braços e colos descobertos: "Martha! Martha" e "Se você acredita na palavra sagrada, não fale, Rosa, não fale". Willem lhe diz que tem uma voz linda, que é uma pena que não tenha sido educada. Educar sua voz? Ela precisa disso? "Eu tenho voz". E quando Willem tenta responder, Keetje dispara: "Não, não... é igualzinho a sua prima; ela nunca terá dentes bonitos, apesar de sua aliança de ouro!"[7].

---

[6] Bairro de Amsterdã localizado no distrito central da cidade. O Plantagie é lar de diversos marcos arquitetônicos, como o Hortus Botanicus (1682), o Teatro Holandês (1893) e o *Muiderpoort* (1770) (N. d. T.).

[7] O autor se refere aqui a um episódio de *Keetje trottin*, terceiro volume da trilogia em que Keetje mais uma vez demonstra sua franqueza ao argumentar que, assim como a prima de Willem jamais teria dentes bonitos, ela também não precisava ser ensinada a cantar, dado seu dom natural (N. d. T.).

O trabalho todo desta autora tem o mesmo tom de franqueza absoluta. Neel Doff vai direto ao ponto e não se atormenta com nenhuma fórmula, não tolera nenhum tipo de mitigação.

É impossível, portanto, classificar seu trabalho. Ao lado de seus *Contos Selvagens*, em que se encontram histórias reais, com começo e fim, os livros de Doff são uma espécie de escrita rememorativa, uma espécie de confissão: consistem em esboços e episódios, algumas passagens podem ser chamadas de investigações. Algumas histórias são sequências de perguntas e respostas. Mas tudo isso é verdadeiro e, muitas vezes, comovente.

Tradução de Gustavo Racy

ler e caminhar podem salvar a sua vida ou te levar para a cadeia